트리니티 레볼루션
Trinity
Revolution

트리니티 레볼루션
Trinity
Revolution 8 완결

초판 1쇄 인쇄일 2018년 10월 23일 **ㅣ 초판 1쇄 발행일** 2018년 10월 26일

지은이 임경주 **ㅣ 펴낸이** 곽동현 **ㅣ 담당편집 팀장** 이범수
편집부 홍현주 정요한

펴낸곳 (주) 조은세상 **ㅣ 출판등록** 제 2002-23호
주소 경기도 연천군 미산면 청정로 1355
TEL 편집부 02)587-2966 **ㅣ** FAX 02)587-2922
e-mail bukdu@comics21c.co.kr

임경주 © 2018
ISBN 979-11-89552-39-8 ㅣ ISBN 979-11-6171-801-9(set) ㅣ 값 8,000원

임경주 현대판타지 장편소설   MODERN FANTASY STORY

트리니티 레볼루션 8
완 결

Trinity
Revolution

북두
(주)좋은세상

임경주 현대판타지 장편소설

MODERN FANTASY STORY

CONTENTS

제71장. 죽음이 찾아올지라도

트리니티 레볼루션
Trinity
Revolution

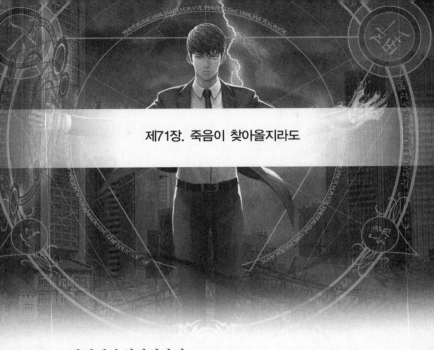

제71장. 죽음이 찾아올지라도

발인에서 화장터까지.

인수는 고인을 보낸 뒤, 슬픔에 잠긴 유가족들을 따라 선생님의 집으로 향했다.

"들어오세요."

"네."

인수가 대답하며 대문 안으로 발을 내딛는 순간, 공간이 출렁이며 밀려온 파동이 인수를 휩쓸고 지나갔다.

이제는 파동의 정체를 알 수 있었다. 집 안으로 들어간 자신이 시간을 되돌린 것이었다.

심장이 폭발하듯 뛰기 시작했다. 과연 3일의 시간을 되돌려 선생님을 되살리는 것이 가능할까?

죽음이 찾아올지라도 시도는 해야만 했다.

인수가 가족들의 뒤를 따라 대문 안으로 들어가자 진돗개 한 마리가 인수를 반겼다. 가족들을 향해 펄쩍펄쩍 뛰더니, 꼬리를 살랑살랑 흔들며 인수에게 다가왔다.

"반갑다."

인수가 진돗개의 머리를 쓰다듬어 주었다. 녀석도 선생님의 손길을 그리워하고 있었다.

작은 마당의 텃밭은 선생님의 성격처럼 정갈했다.

하지만 현관문을 열고 거실로 들어간 순간 안과 밖의 상황이 완전히 달랐다.

"아휴, 집 안이 엉망이네요. 이 녀석!"

장녀이자 외동딸인 서진선이 난장판이 된 거실부터 정리하며 말했다. 집 안에서 키우는 고양이가 집을 비운 동안 거실과 방 구석구석을 쑥대밭으로 만들어 놓았기 때문이었다.

서진선은 물건들을 치우고 정리하며 말을 할 때마다 코를 훌쩍였다. 울컥하며 솟구쳐 오르는 슬픈 마음을 추스를 수가 없었다.

고양이는 소파에 늘어진 상태로 하품만 해댔다.

김향미 여사는 여전히 기운을 차리지 못했지만, 인수 옆에서 몸가짐을 흩뜨리진 않았다. 바른 자세로 고양이와 함께 소파에 앉아 한곳만 멍하니 응시하고 있었다.

인수는 선생님께서 남기신 유서를 봐야 했다. 어렵게 말을 꺼내려고 하는데, 서진선의 남편이자 선생님의 사위되는 김경민이 핸드폰을 보여 주었다.

유서를 핸드폰 카메라로 찍어 둔 것이었다.

"검사님, 장인어른께서 남기신 유서입니다."

김경민은 기간제 여교사를 상대로 법적인 고소절차를 준비하고 있었다.

"이 사람과 어머님은 반대하지만, 제가 도저히 참을 수가 없습니다."

"네, 알겠습니다. 감사합니다."

인수는 유서를 읽었다. 선생님은 유서를 통해 결백을 주장함과 동시에 그 누구도 원망하지 마라는 말을 남기셨다.

긴 싸움이 될 것이고, 남은 유가족들에게 제2의 피해가 발생할 것을 우려해 고소를 원하지 않는 것이었다.

"선생님의 방은······."

인수는 집 안을 한 번 둘러본 뒤, 선생님의 방을 찾았다. 살짝 열린 문틈으로 묵향이 물씬 풍겨났다.

"네, 그 방이에요."

"잠시 들어가도 되겠습니까?"

"네."

서진선이 인수의 옆으로 다가와 문을 활짝 열어 주어 함께 방 안으로 들어갔다.

11

사방이 낡은 책들로 **빽빽**했다. 인수는 묵향과 함께 낡은 책의 냄새가 좋아 한껏 숨을 들이켰다.

'시작하자.'

우우우웅.

인수는 즉시 서클을 회전시켰다.

실패와 위험을 넘어 죽음이 찾아올지라도 시도해야 했다.

인수는 내공을 끌어올려 회전하고 있는 서클과 충돌시켰다.

콰앙!

서클의 회전이 빨라졌다.

고속회전을 넘어서 폭주를 시작했다. 통제하지 못하면 죽을 수도 있었다.

더군다나 지금은 독맥을 뚫고 있는 과정이었기에 어떤 변수가 발생할지 알 수가 없었다.

쿠아아앙!

화이트존이 일그러졌다.

거대한 비눗방울이 바람에 일그러지는 것처럼 점점 커졌다. 선생님의 서재를 넘어 주택을 통째로 집어삼켰다.

화이트존 안에서 흐르는 시간이 직선에서 원으로 연결되었다.

뱀이 자신의 꼬리를 무는 것처럼 미래가 다시 과거로 연결된 순간, 인수는 그 시간을 돌리며 추적해 나갔다.

우우우웅.

서클의 회전속도가 빨라졌다.

인수를 중심으로 화이트존이 집어삼킨 주택의 시간이 거꾸로 돌아가기 시작했다.

"아휴, 집 안이 엉망이네요. 이 녀석!"

서진선이 서재에서 거꾸로 걸어 나가 거실의 물건들을 정리했고, 김향미 여사가 소파에서 몸을 일으켜 뒷걸음질로 마당으로 나갔다.

진돗개가 꼬리를 흔들며 가족들을 반겼다.

'조금만 더.'

되돌리는 과정은 안정적이었다.

하지만 중요한 것은 원하는 지점과 그 지점에서의 통제였다. 폭주를 통제하지 못하면 위험했다. 인수는 불안정하게 날뛰고 있는 내공부터 안정시켜야만 했다.

'크윽!'

전에는 단전이 깨져 버릴 것처럼 내공이 날뛰었다. 하지만 지금은 독맥을 따라 저절로 이동하며 혈을 뚫기 시작했다. 이대로 계속되면 말 그대로 주화입마에 빠져들 수도 있었다. 척추를 따라 올라가고 있는 이 뜨거운 내공이 정수리로 나아가는 과정에서 혈을 포함한 뇌를 전체로 뚫어 버릴 것만 같았다.

그것도 모자라 새롭게 생긴 내공이 미친 듯이 날뛰며 단전을 때렸다.

　끔찍했다. 엄청난 충격에 정신이 혼미해졌다.

　그때 식당에서 시간을 되돌렸을 때처럼, 온몸의 세포가 또 다시 전투태세로 돌입했다.

　아드레날린이 쏟아졌다. 온몸의 혈관이 수축되었다. 혈관이 좁아지다 못해 막혔다. 척추를 타고 무섭게 뚫고 올라가던 내공이 목덜미 부위에서 갈 곳을 잃었다.

　"하아, 하아!"

　심장이 폭발적으로 뛰었다. 활화산이 터진 것처럼 엄청난 양의 혈액을 분출해 냈다.

　기의 흐름은 강물을 타고 흐르는 바람처럼 자연스러워야만 했다.

　하지만 혈관은 수축되어 막혔고, 심장은 폭발적으로 터지며 과도한 양의 혈액을 내보냈다. 오갈 곳 없는 혈액이 심장 주변에서 맴돌았다. 목덜미에서 갈 곳을 잃은 뜨거운 내공이 그 주위를 팽창시켰다. 혈압이 무서운 속도로 상승했다. 뇌 압력도 높아지기 시작했다. 안구가 빠져나와 버릴 것처럼 튀어나왔다.

　목덜미가 물 풍선처럼 부풀어 올랐다.

　끔찍한 두려움과 참을 수 없는 고통.

　"크아아아악!"

저절로 비명이 터져 나왔다. 비명을 내지른 뒤, 이를 악물고 버텼다.

쿠과가가강!

인수는 정신력으로 버텨 내고 있었다.

그 무엇 하나 안정되지 않았다. 통제가 불가능했다.

주택을 집어삼킨 화이트존은 일그러지다 못해 두 개로 분리되어 버렸다.

양쪽의 화이트존에 마법진이 저절로 탄생했다. 붉은 색의 마법진과 녹색의 마법진, 그리고 파란색의 마법진이 삼위일체로 합쳐지며 피라미드의 구조를 이루었다. 그 중심에서 차원이 열리며 원형의 포탈이 생겨나 마나가 쏟아져 들어왔다. 마나로 가득 찬 화이트존이 압축되며 폭발 직전에 이르렀다.

쾅!

반쪽의 화이트존이 폭발했다.

폭발음과 함께 공간에 충격을 주며 사라졌다.

출렁.

굉음에 이어 파동이 충격파로 나타났다.

잔잔한 수면 위에 돌멩이가 떨어진 것처럼, 파동이 퍼져 나갔다.

남은 반쪽도 폭발하면 죽는다!

'좀 더!'

남은 반쪽의 화이트존은 인수를 중심으로 서재를 감싸고 있었다. 가속된 서클의 회전속도만큼 집 안의 시간이 빠른 속도로 거꾸로 돌아갔다.

대문 밖 유가족들이 화이트존을 벗어난 순간, 그들에게는 다시 현재의 시간이 적용되었다.

출렁하며 파동이 밀려와 세 사람을 휩쓸고 지나갔다.

유가족들이 고개를 갸우뚱하며 대문을 열었다. 공간의 출렁임도 출렁임이지만, 대문을 열었던 기시감을 느꼈기 때문이었다.

"박 검사님은 어디 가셨지?"

이상했다. 그들의 뒤로 잘 따라오던 인수가 갑자기 사라지고 없었다.

인수는 목숨을 걸었다.

'찾았어!'

선생님이 넥타이를 여러 개 겹쳐 4단 원목책장에 묶은 뒤 목을 맨 상태로 축 늘어져 있는 모습이 보였다.

'조금만! 조금만 더!'

조금만 더 돌리면 살아 계시는 선생님을 만날 수가 있는 것이었다.

인수는 즉시 서클의 통제에 들어갔다.

여기서 멈추어야 했다. 그 순간, 쾅! 하는 굉음과 함께 남은 반쪽의 화이트존까지 폭발해 버렸다.

순간 온몸의 혈이 열리며 독맥이 뚫렸고, 정수리까지 올라간 내공이 임맥을 타고 내려와 일주천이 이루어졌다.

독맥을 뚫는 것은 억지로 거스르는 것이지만, 정수리 혈을 뚫은 내공이 임맥을 타고 내려오는 것은 자연의 이치처럼 자연스럽게 이루어졌다.

화이트존이 폭발하는 순간, 인수는 일주천을 통해 새롭게 생겨난 내공을 전신에 흘려보내 몸을 보호했다.

심장과 뇌부터 감쌌다.

콰앙!

하지만 그 충격은 실로 엄청났다.

인수는 서서히 의식을 잃기 시작했다.

시간이 멈추었다. 유서를 작성하던 선생님의 손도 멈추어 있었다.

"선생님……."

인수가 겨우 손을 뻗어 비틀거리며 선생님을 향해 다가갔다.

그러자 벽시계의 초침이 넘어가며 시간이 다시 흘러갔다.

"인수?"

선생님이 고개를 들어 놀란 눈으로 인수를 보았다.

하지만 환상이었다.

인수는 지금 그 간절한 마음으로 인해 환상을 보고 있는 것이었다.

이미 화이트존이 폭발과 함께 사라진 순간, 시간은 현재로 돌아온 상태였다.

인수는 의식을 잃고 쓰러져 있었다.

그렇게 인수는 마지막으로 선생님과 조우했다.

"안 돼요, 선생님. 그러지 마세요."

"허허……."

"선생님. 절대로 나쁜 마음을 먹으시면 안 돼요. 아셨죠?"

인수는 또 다시 눈물이 터져 나오고야 말았다.

"허허…… 이거 참……."

"선생님. 대답해 주세요."

"허허…… 그래, 알았다. 우리 인수 학생이 말하는데 내가 잘 들어야지. 암."

교장선생님이 인수의 머리를 쓰다듬어 주었다.

그렇게 의식을 잃고 쓰러진 인수가 희미하게 웃고 있었다.

김향미 여사와 가족들이 집 안으로 들어왔을 때 서재에 쓰러져 있는 인수를 발견하고는 깜짝 놀랐다.

"박 검사님! 아니, 언제 먼저 들어오셨지?"

"근데 왜 여기에 쓰러져 계신 거야? 어떡해! 박 검사님!
박 검사님! 정신 차려 보세요!"

"119!"

김경민이 119를 불렀다. 응급차가 요란한 소리를 내며
도착하고 있었다.

응급실에서 정신을 차린 인수는 세영을 보자마자 선생님
부터 물었다.

하지만 바뀐 것이 아무것도 없다는 사실을 알고 나서 또
다시 오열하고 말았다.

◇　◆　◇

인수는 퇴원해 집으로 돌아왔다.

다행히도 건강에 문제가 발생하지는 않았다.

샤워를 끝내고 거실로 나온 인수는 오랜 시간을 창밖만
내려다보았다.

차 안에서 잠복근무를 하고 있는 남정우로 인해, 인수는
결단을 내린 표정으로 전화기를 들었다.

〈남정우〉

"저 박인수입니다."

[……!]

"형사님. 지금 제가 내려가겠습니다. 만나 뵙고 드릴 말씀이 있습니다."

[……알겠습니다.]

◇ ◆ ◇

남정우가 깊은 고민 끝에 인수가 내민 서류에 사인을 했다.

"어려운 결정을 하셨습니다. 감사드립니다."

"아닙니다. 제가 더 감사해야죠."

"그럼, 진행하겠습니다."

"네."

지금 이 순간, 멀어져 가는 남정우의 차를 보던 인수는 박재영이라는 한 인간이 마음에 걸리는 이유를 알 수가 없었다.

"그사이 정이라도 들었나?"

그래서인지 털어 버리려 해도 계속해서 박재영이 생각났다.

이제부터는 시간싸움이었다. 사람의 마음은 간사해서 남정우가 또 어떻게 변심할지 모를 일이었다.

물론 인수가 보기에 남정우는 그럴 사람은 아니었지만, 조심할 필요는 있었다.

집으로 돌아와 복장을 챙겨 입은 인수가 박재영에게 전화를 걸었다.

　[오, 이게 누구야? 우리 박 검 아니야?]

　"네, 수석님. 안녕하십니까?"

　[그래. 나야 항상 안녕하지. 근데 어쩐 일이야?]

　"수석님. 지금 시간 괜찮으신지요? 저 지금 수석님을 만나 뵙고 싶습니다."

　[지금? 무슨 일인데?]

　박재영은 인수가 먼저 전화를 해서 만나 뵙고 싶다고 하니 걱정부터 앞섰다. 또 어떤 예기치 못한 놈이 인수에게 걸려들어 곤란한 일이 발생한 것일까?

　"꼭 만나 뵙고 드릴 말씀이 있습니다."

　[흠…… 나 지금 유강이야.]

　"제가 그쪽으로 가도 되겠습니까?"

　[박 검이 여기로 온다는데 괜찮겠어?]

　박재영이 함께 식사 중인 사람에게 물었다.

　"함께 계신 분은……."

　[아, 한철이야.]

　"지금 그쪽으로 가겠습니다."

　[……알았네.]

　시간이 촉박했다.

　남정우의 배신을 염두에 두지 않을 수가 없었다.

인수는 전화를 끊고는 곧바로 서클을 회전시켜 화이트존을 생성시켰다.

타닥탁탁.

불꽃과도 같은 마법진이 펼쳐졌고, 인수의 몸이 그 마법진 안으로 순식간에 빨려 들어갔다.

"민이 아빠? 어디 있어요?"

세영이 주방에서 파인애플을 준비해 거실로 왔는데, 인수가 없으니 각 방문을 열며 찾아 다녔다.

"민아. 아빠 어디 있어? 아빠 봤어?"

세영은 인수가 아들과 숨바꼭질을 하는 줄만 알았다.

"빠빠, 퓨! 따라겨쩌!"

"으응?"

세영은 못하는 말이 없는 아들을 보며 두 눈만 깜박거렸다.

제72장. 부탁이 아닌 경고

트리니티 레볼루션
Trinity
Revolution

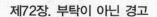

제72장. 부탁이 아닌 경고

유강 화장실.

소변을 보던 한 남자가 문득 들려온 소리에 뒤를 돌아보았는데, 하마터면 심장이 떨어져 쓰러질 뻔했다. 잘 나오던 소변이 뚝 끊어졌다. 옆으로 나자빠질 수밖에 없었다.

"으헥!"

불꽃이 타오르며 독특한 문양으로 둘러싸인 원형이 생겨나더니, 그 한가운데서 한 남자가 솟구쳐 올라왔기 때문이었다.

남자와 인수의 눈이 마주쳤다. 남자가 손가락을 세워 인수를 가리키며 덜덜 떨었다. 귀신이라도 마주한 눈빛이었다.

"비로첸올로."

인수가 곧바로 남자의 기억을 지워 버렸다.

남자는 멍한 표정으로 머리를 털더니, 다시 소변기 앞에 서서 볼일을 보았다.

인수도 그 옆에서 나란히 소변을 보고는 손을 씻은 뒤 화장실을 빠져나왔다.

춘(春)자가 써진 방 앞에 인수가 섰다.

안에서 나누는 대화가 밖으로 새어 나왔다. 살짝 들어 보니, 남정우가 전화하지는 않은 것으로 보였다.

"한철아, 그렇게 성질만 내지 말고 잘 생각해 봐. 응? 박검 오기 전에 내가 진짜 마지막으로 당부하마."

"아, 됐다니까요? 싫다는 사람한테 자꾸 그러지 마십쇼. 저도 마지막 부탁입니다."

"아니, 누가 옆에 와서 일해 달래?"

"일이고 자시고! 지금 그런 말이 나옵니까? 그리고 말 잘하셨네요. 그게 일이지 뭡니까?"

"내가 진짜 미안하다고. 아니, 근데 뭐가 일이야? 사람들 모여서 사진 찍을 때 같이 좀 찍어 주고, 기자들이 물어보면 대답 좀 해 주는 게, 그게 일이야?"

"네. 일이죠. 그것도 아주 더러운 일이죠. 지금 나더러 기자들 앞에서 호호호 웃으면서 '저 하늘에서 지켜보고 있을 저희 남편도 박재영 수석님을 응원하고 지지하고 있을 겁니다.' 라고 말하라고요?"

"그래. 바로 그거야."

박재영의 말에 서한철의 표정이 무섭게 돌변했다.

"흠흠."

박재영은 찔리는 것이 있어서 딴청을 피웠다.

"형님. 나랑 윤희까지 팔아서 대통령이 꼭 되고 싶어요? 나는 됐다고 칩시다. 윤희에게 미안하지도 않아요?"

"그게 뭐가 널 파는 거야? 내가 잘되면 너도 잘되는 거고, 네가 잘되면 유정이도 잘되는 거고. 그러면 제수씨도 지하에서 기뻐하겠지, 뭐 슬퍼하겠어? 이게 뭐 제수씨가 통곡할 일이야?"

"그 사람, 형님 때문에 제대로 된 장례도 못 치르고 앞마당 화단에 묻힌 채 썩어 가고 있는 사람입니다. 형님이 진짜 반성하고 있고, 제대로 된 사람이라면 대통령이고 나발이고! 윤희 먼저 좋은 곳으로 보내 줄 궁리하는 것이 먼저 아니요! 진짜 계속 이렇게 사람 속 긁을 거요! 내가 어쩐지 또 보자고 할 때 알아봤어."

"한철아! 우리 젊었을 때 같은 뜻을 가지고 열심히 싸웠잖아! 사방이 다 못 믿을 놈이었지만, 나 네가 있어서 정말 든든했다! 응?"

"그래서 그렇게 이용해 먹고 버렸어? 혼자 살아 보겠다고?"

"아! 그 얘기는 좀! 나도 어쩔 수 없었다는 거 너도 잘 알 잖아! 중요한 건 지나간 과거가 아니라 현재와 앞으로의 미 래야! 너도 내 지지율 잘 알고 있잖아?"

"네. 중요하죠. 형님 같은 인간이 이 나라 대통령이 되면 이 나라가 진짜 어떻게 될지 매우 중요하죠."

"거 그렇게 마음에도 없는 소리하지 마라."

"형님은 어째 나이를 자실수록 그렇게 정신을 못 차리는 거요?"

"아니 내가 뭘 잘못하고 있다는 거야? 다들 잘하고 있다 고 난린데?"

"잘하긴 뭘 잘해요? 속물 다 되어가지고는!"

"뭐? 속물?"

"제가 하는 말 귀담아들으세요! 지금 형님 옆에 있는 인 간들 다 똥파리거든?"

"이게 진짜! 너 인마! 말이면 단 줄 알아? 내가 제수씨한 테 미안해서 진짜 그 생각만 하면! 하! 내가 너한테 잘하려 고 그러는 건데! 뭐가 어쩌고 어째 인마? 너 지금 그렇게 말 하면 안 돼!"

"누가 나한테 잘해 달래요? 신경 끊고 형 일이나 잘해 요!"

"내가 뭘 못하는데? 다들 잘한다고 난린데! 말해 봐! 내가 뭘 못해?"

"강진태!"

"으응……."

"그 양반 구속 안 시킬 겁니까? 국고 7조를 날린 주범을 그냥 둬요?"

"너 TV 안 봤냐?"

"봤수다! 내가 그거 보면서 울화통이 그냥! 어이구!"

"아니, 다들 잘했다고 난린데 넌 왜 그러냐?"

박재영의 표정은 진짜 영문을 알 수가 없다는 표정이었다.

"우와, 이제는 말도 안 통하네."

서한철이 답답해서 자신의 가슴을 팍팍 쳤다.

똑똑똑.

그때 밖에서 노크 소리가 들려오자 두 사람이 입을 닫았다.

인수가 문을 열고 들어오며 인사를 했다.

"안녕하십니까?"

"오, 박 검! 어서 와!"

박재영이 반가운 표정을 감추지 못하며 자리에서 일어나 인수를 옆자리로 안내했다.

"여기, 여기로 앉아."

"안녕하세요? 잘 지내셨어요?"

인수가 서한철에게 인사했다.

"그래. 오랜만이야."

"저녁은? 먹었어? 안 먹었으면 뭐 시켜야지?"

"저녁 먹었습니다."

"그래? 근데 이 근처에 있었어? 바로 왔네?"

"네. 마침 근처에 있었습니다."

"그랬구먼. 잘 왔어. 술은? 아, 우리 박 검은 소주지. 자, 받아."

"네."

인수가 두 손으로 잔을 들어 박재영이 따라 주는 소주를 받았다.

"그래, 꼭 할 말이 뭐……지?"

"수석님."

"그래. 말해 보게나."

"대통령 포기하십시오."

"……!"

"가족들에게 돌아가세요."

서한철의 눈빛이 빛났다. 역시 박 검이 최고라는 표정으로 웃었다.

반면, 박재영의 표정이 그 특유의 표정으로 변했다.

그 어떤 표정도 읽을 수가 없는 무표정한 얼굴.

하지만 더욱 무서운 것은 인수의 눈빛이었다.

박재영을 노려보는 인수의 눈빛은 부탁이 아닌 경고였다.

"자네……."

"말씀하십시오."

"지금 나한테 부탁하는 거야, 경고하는 거야?"

"둘 다입니다."

박재영이 인수를 노려보았다. 곧 쌍욕을 쏟아 낼 기세였다.

서한철이 보기에 두 사람의 기 싸움은 너무나도 팽팽해 그 우열을 가리기 힘들 정도였다.

어떻게 이런 일이 있을 수가 있을까?

인수가 아무리 대단한 능력을 가지고 있고 특별한 사람이라고 해도, 박재영은 한평생을 검찰에 몸담고 산전수전을 겪은 뒤 민정수석에 오른 남자였다.

그리고 현 정권을 좌지우지할 수 있는 실세 중의 실세였다. 대한민국 엘리트라 자부하는 이들조차도 서로 잘 보이려 애를 쓰며 굽실거리는데, 이제 겨우 3학년인 새파란 검사가 막말로 검찰 최고의 수장까지 통제하는 민정수석과 맞짱을 뜨고 있는 것이었다.

"박인수."

"네."

"내가 너를 너무 예뻐했구나."

"예뻐해 주신 점 감사드립니다."

말은 조용히 해도, 두 사람의 눈에서는 불꽃이 튀고 있었다.

"그래. 오늘 자네에게 숙제를 던져 주지. 자넨 둘 중의 하나를 선택해야 돼. 그 어느 쪽을 선택해도 자네는 손실이 발생할 수밖에 없어."

"……?"

"자네가 옷을 벗을 텐가? 아니면 자네 단장의 옷을 벗겨 줄까?"

인수가 해고를 받아들이지 않으면 특수단 단장으로 있는 이채영 차장검사를 해고시키겠다는 것이었다.

"대답해. 내가 묻잖아?"

"수석님."

"그래. 대답해."

"수석님은 저와 싸워 이길 수 없습니다. 마지막으로 부탁드리겠습니다. 대통령을 향한 야망 그만 접으시고, 가족들에게 돌아가십시오."

"그래. 자네의 대답은 잘 들었네. 자네가 옷을 못 벗겠다면 어쩔 수가 없지. 자네는 이제부터 자네 단장에게 미안해해야 돼."

박재영이 자신의 전화기를 집어 들었다. 대통령에게 전화를 걸어 이채영 차장검사에 대한 해임과 해고수순을 밟으라고 말할 생각이었다.

해고사유는 업무 처리 부족과 명령 불복종.

대통령은 검찰총장과 모든 검사들에 대해 임면권을 가지고 있다. 즉, 검사들을 살릴 수도 있고 죽일 수도 있다는 말이다.

만일 대통령이 자신의 말을 듣지 않으면 친인척비리를 표적수사하겠다고 협박하면 되는 것이었다. 털어서 먼지 안 나오는 놈은 없었다. 특히 현 대통령의 친인척비리는 이미 수사를 한 상태였는데, 더 파서 큰 게 나오면 나왔지 안 나올 수는 없는 것이다.

"……?"

한데, 전화기가 언제 꺼졌는지 작동하지 않았다. 전원버튼을 연신 누르자 펑! 하고 터져 버렸다.

"헉!"

박재영이 손에서 터져 버린 전화기로 인해 화들짝 놀라며 전화기를 던져 버렸다.

인수가 무표정한 얼굴로 박재영을 노려보고 있었다.

"전화기! 전화기 줘 봐!"

"싫습니다."

"전화기 당장 달라고!"

"명령하지 마요."

서한철이 박재영을 노려보았다. 이제는 당신 부하가 아니라는 뜻이었다. 인수를 적극적으로 지지하고 응원하고 있는 것이었다.

"이것들이!"

한참을 씩씩거리던 박재영이 소주잔을 비우더니 벽에

던져 버렸다. 소주잔이 깨지며 파편이 사방으로 날렸다.

박재영은 자신이 보기에도 스스로 추했나, 호흡과 함께 정신을 가다듬었다.

"그래 좋아. 너부터 당장 옷 벗겨 주지. 아니, 총장부터 줄줄이 옷 벗겨 주겠어."

인수가 고개를 설레설레 저었다.

"지금 대통령께선 매우 바쁘십니다."

"뭐? 대통령이 바빠? 너는 이 자식아, 대통령 선까지 안 가도 돼! 고위 간부들과 중간 간부들, 그 하위 간부들까지 모두 집결시켜서 네놈의 이 근본 없는 싸가지를 알리면 누가 나서서 막아 줄 거 같아? 총장이? 서울지검장이? 대검차장이? 법무부장관이? 아니면 대통령이? 조직이란 것이 실력이 다일까? 일 잘한다고 윗사람 말을 이렇게 무시하는 싸가지 없는 놈의 새끼를 그냥 둘까? 이래도! 지금 나랑 계속해보자는 거야! 너 하나 옷 벗기는 건 일도 아니야!"

박재영은 결국 흔들리기 시작했다. 오히려 인수는 차분했다.

"강진태 기소 들어가겠습니다. 수석님도 함께 들어갑니다. 말씀 잘하셨습니다. 저 일 잘합니다. 제 업무 처리 속도 아시죠? 이미 다 준비되었습니다."

"뭐?"

"수석님 혐의는 직권남용에 업무상배임과 직무유기입니다.

입증할 수 있는 증거는 차고도 넘칩니다."

"이…… 이 개자식이! 보자 보자 하니까 하늘 높은 줄 모르고! 그래! 해 봐! 누가 더 잃을 것이 많을 것 같아? 오늘 당장 네놈부터 옷 벗겨 주겠어!"

박재영이 쓰러지기 일보 직전까지 화가 치밀어 올라 밖으로 나가려는 그때였다.

"수석님!"

인수가 소리치자, 박재영이 자기도 모르게 얼음처럼 굳어 발을 멈추었다.

"제발! 제발 멈추세요! 제가 이렇게 사정하고 부탁드릴게요! 수석님까지 잃고 싶지 않습니다! 제발 부탁드립니다!"

인수가 진심으로 애원했지만, 박재영은 인수의 진심을 눈곱만큼도 받아들이지 않았다.

"시끄러. 넌 오늘부로 해고야."

박재영이 내뱉고는 문을 열고 나가 버렸다.

하지만 진심은 외면하려야 외면할 수 없는 법이다.

화가 머리끝까지 치밀어 올라 이성적으로 판단할 수가 없었던 박재영은 집으로 돌아와 인수가 한 말을 자기도 모르게 곱씹어 보고 있었다.

"잃고 싶지 않다……."

가족들에게 돌아가라는 인수의 말이 머릿속에서 메아리쳤다.

문득, 큰아들의 목소리가 듣고 싶었지만 수중에 전화기가 없었다.

"젠장."

멍하니 창밖을 바라보고 있는 그때 초인종이 울렸다.

민정비서관 지현근이었다.

전화 연락이 되지 않아, 직접 찾아온 것이었다.

"그래. 자네밖에 없네. 걱정해 줘서 고마워."

"혹여 수석님께 무슨 일이 생기신 건 아니신지, 제가 얼마나 걱정했는지 모릅니다. 이제부터 수석님의 몸은 수석님만의 것이 아닙니다. 대한민국 국민의 몸입니다. 항상 건강과 안전에 만전을 기하셔야 합니다."

"그래. 자네가 최고야. 내 자네 덕분에 마음이 좀 편해졌네."

"전 수석님께서 죽으라면 죽을 수도 있습니다."

"뭘 죽기까지야."

"진심입니다."

"그래. 알지. 자네 맘 알아. 내일 대통령을 좀 만나야겠어."

"무슨 일이 있으셨습니까?"

"날려 버려야 할 놈들이 몇 있어서 말이야."

박재영은 유강에서 있었던 일을 말하며 분개했다.

"수석님."

이야기를 다 들은 지현근이 잠시 고민하는 듯하더니, 이내 박재영의 귀를 빌려 소곤거리기 시작했다.

"강진태 장관 말입니다……."

지현근의 귓속말을 듣고 있는 박재영의 표정이 그 특유의 무표정으로 바뀌고 있었다.

"수석님, 전화기는 이걸 쓰시면 됩니다. 혹시나 해서 개통해 왔는데, 잘한 것 같습니다. 검찰총장은 2번으로 저장해 두었습니다."

"그래……."

박재영이 전화기를 받아들고는 2번을 눌러 전화를 걸었다.

몇 번의 신호 연결음 끝에 검찰총장 한석명이 전화를 받자, 박재영은 이채영 차장검사와 박인수 검사의 해고를 명령했다.

우경조선 부실 수사에 대한 책임과 상관에 대한 명령 불복종이 그 이유였다.

"만약 진행하지 않으면, 대통령 친인척비리 특별수사를 공식 발표할 거야. 알겠어?"

박재영은 한석명의 말을 듣지도 않고 끊어 버렸다.

"됐어. 고맙네. 정말 고마워."

"그럼, 편안한 밤 되십시오."

지현근이 나간 뒤, 박재영은 전화기를 들고는 큰아들에게 전화를 걸려다가 고개를 설레설레 저었다.

몹시 피곤했다.

"그래…… 그리 멀지 않은 날, 내가 회귀할 곳은 과연 어디일까?"

박재영은 혼자 중얼거리며 잠을 청했다.

한데, 문득 연실이의 얼굴이 떠올라 책을 집어 들었다.

지금 이 순간, 마음을 열고 책을 읽었으면 자신의 잘못을 되돌아보게 되는 계기가 되었을 것이다.

하지만 박재영은 읽다가 짜증이 나서 덮어 버렸다.

"이 세상 아버지들은 죄다 죽어야겠네. 이런 것을 책이라고는 쯧쯧쯧."

그래도 다행이었다.

연실이 쓴 책은 아주 좋은 수면제였다.

제73장. 결국엔 그 나물에 그 밥

트리니티 레볼루션
Trinity
Revolution

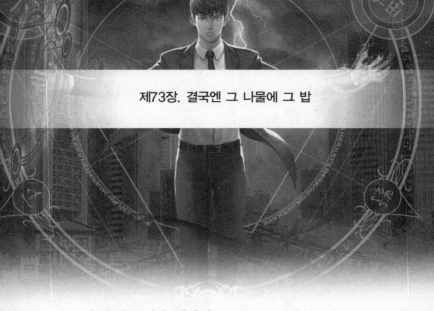

제73장. 결국엔 그 나물에 그 밥

그날 밤 같은 시각, 청와대.

대통령과 대화를 나누던 인수는 검찰총장 한석명의 호출을 받았다.

"총장님 호출입니다."

"그래. 어서 가 보게."

인수가 인사를 하고는 뒤돌아섰다.

"총장님께 내 말 꼭 전해 주고."

"알겠습니다."

김민국 대통령이 직접 나와 인수를 문 앞까지 배웅해 주었다. 등도 토닥여 주었다.

총장실로 들어가 보니, 단장 이채영 차장검사도 호출을 받고 도착해 있었다.

인수가 슬쩍 살펴보니 이채영의 표정이 매우 좋지 않았다. 굉장히 화가 나 있는 상태였다.

"안녕하십니까?"

인수가 한석명에게 인사를 하고는 이채영에게 목례를 했다. 이채영이 애써 쓴웃음을 지으며 인수의 인사를 받아 주었다.

"그래, 어서 와. 거기 앉아."

인수가 이채영과 나란히 앉아 한석명과 마주 보았다.

"다들 고생이 많을 텐데, 늦은 시간에 좋은 소식으로 부른 게 아니라 미안하게 생각해."

인수는 총장 한석명이 무슨 말을 할지, 다 알고 있었기에 바른 자세로 앉아 정면만 응시하고 있었다.

"일단 박 검."

"네."

"자네가 유능한 건 인정해. 하지만 지위고하를 막론하고 훨씬 어른에게 말대꾸를 하며 대든다는 건 문제가 있는 거야."

"죄송합니다."

"박 검이 뭐가 죄송해?"

"이 단장도 너무 화내지 마."

"총장님, 지금 화가 안 나게 생겼습니까? 강진태 보호하려고 저와 박 검 옷을 벗긴다는데, 어느 누가 성질이 안 납니까?"

"그럴 일은 없어. 벗으면 내가 벗었지."

"총장님!"

"조용. 감정적으로 해결될 문제가 아니야. 우리 검찰에게는 항상 발생했었던 평생숙제 같은 문제야. 현명하게 대처하자고."

"네."

"아, 저 너무 열 받아서 말도 하기 싫습니다."

"그래? 박 검. 자네 생각부터 들어 보지. 어떻게 하면 좋을까?"

"강진태 구속수사 들어가면 기소 전에 사건을 서울지검으로 넘기겠죠. 그동안 단장님과 저는 해고절차를 밟게 될 것이고요."

"그렇지. 더 큰 문제는 내가 그 해고절차를 막았을 때야."

"아우! 진짜 욕 나오려고 하네. 더러워서, 제가 그냥 그만두겠습니다. 우리가 버티면 결국엔 대통령까지 치명상 입는 거 아닙니까! 와, 하늘 높은 줄 모르고 결국엔 이빨을 드러내는군요. 가뜩이나 대통령 지지율 떨어트리려고 기회만 엿보고 있었을 텐데, 이참에 아주 얼씨구나 대통령 협박하고 우리 못 쳐내면 대통령 친인척비리 특별수사 들어가겠죠. 대통령께선 총장님을 절대로 내치시지 않을 테니……."

"아니."

한석명이 이채영의 말을 잘랐다.

"네?"

"상황이 거기까지 가면, 대통령께선 날 버리는 카드로 쓸 수밖에 없어. 대통령의 흠은 흠이 아니라 이미 범죄로 치부되니까. 민정수석의 요구를 받아들일 수밖에 없는 거야."

"하아!"

이채영이 무거운 한숨을 토해 냈다.

"박 검. 방법은 하나야."

한석명이 인수를 향해 어쩔 수 없다는 표정을 지었다.

"강진태…… 건드리면 안 돼."

강진태를 건드리는 순간, 민정수석은 친인척비리 특별수사에 들어갈 것이라고 대통령을 협박할 것이다. 그러면 검찰총장부터 시작해 특수단 단장에 이어 인수까지 잘려 나간다는 말이었다.

검찰총장의 임기가 2년이지만, 취임 한 달 만에 스스로 퇴진하는 이유가 바로 이런 부분 때문이었다.

이것이 대한민국에서 무소불위를 자랑하는 민정수석의 진정한 파워였다.

물론 민정수석도 개인의 역량에 따라 다르겠지만, 지금 박재영은 국민영웅으로 통하고 있지 않은가. 정직한 정치인과 공직자는 민정수석의 인사사정권 때문에 슬슬 기고, 뒤가 구린 정치인과 공직자들은 그 발목이 잡혀 꼼짝 못하는 것이 현실이었다.

"아닙니다."

인수의 말에 한석명과 이채영의 눈이 동시에 빛났다.

"둘 다 잡아넣을 겁니다."

"어떻게?"

"법적인 절차에 따라서요."

"하! 박 검. 자네가 아직 어려서 뭘 모르나 본데. 말처럼 쉬운 일이 아니야."

인수의 입가에 슬픈 미소가 번졌다.

"총장님. 제가 정말 사랑했던 은사님의 자살과 그분의 유가족을 지켜보며 한 가지 느낀 것이 있습니다."

"전해 들었네. 고인의 명복을 비네."

"네. 착한 사람들은 자신을 할퀴는 사람을 똑같이 할퀴지 않더라고요. 저는 두 분이 생각하시는 것처럼 그렇게 착한 사람이 아닙니다."

"이건 착하고 악하고의 문제가 아니야! 자네가 옷을 벗게 되는 순간 스톱이라고!"

한석명의 목소리가 커졌다.

"무슨 말인지 몰라? 자네만 다친다고!"

윽박질렀다가 타이르는 것은 박재영과 마찬가지였다.

"걱정 마십쇼. 아무도 다치지 않습니다. 민정수석 날려 버리겠습니다."

"박 검!"

한석명이 자리에서 벌떡 일어섰다. 이채영은 골머리가 아파 와 손으로 머리를 짚으며 고개를 설레설레 저었다.

"지금 가장 큰 문제가 바로 이런 부분이야! 자네의 그 태도! 상관을 대하는 이런 태도만으로도 자네는 이미 아웃이야! 그분이 오죽 화가 나셨으면 지금 이러겠어? 명령이야! 관둬!"

"그 나물에 그 밥입니까?"

"뭐?"

"민정수석은 제 상관이 아닙니다. 이미 범죄자입니다. 지금 총장님께선 권력을 남용해 범죄자를 보호하고 있습니다."

"이, 이익!"

고개 숙인 이채영의 입가에 웃음이 번지고 말았다.

"웃어?"

한데, 들키고 말았다.

"아닙니다."

이채영이 고개를 번쩍 들어 올리며 웃음기를 싹 지웠다.

한석명은 이성적인 판단 능력이 매우 뛰어난 사람이었다. 화가 날수록 감정에 치우치지 않고 오히려 돌아가는 사람이 바로 한석명이었다.

"그러면 나는 뭔데?"

둘 사이에 낀 자신은 뭐냐고 묻는 것이었다.

"대한민국 검찰을 이끄는 총장님이십니다."

"누가 그걸 물었어? 자네가 아무리 치밀하고 빠르게 움직여도 법원에서 구속영장이 떨어질 거 같아? 방금 자네도 말했잖아! 케이스만 서울지검으로 돌려도 끝나는 게임이야. 아니? 거기까지 가지도 않아! 수사만 진행돼도 내 모가지는 이미 떨어지고 없어! 자네! 자네도 옷 벗어야 되고! 근데, 기소가 가능할 거 같아? 그래, 좋아! 기소했다고 쳐! 법원에서 판결이 어떻게 나올 거 같아? 절대로 자네 뜻대로 안 된다고!"

"제가 총장님 호출을 받을 때 어디 있었는지 아십니까?"

"무슨 말이야?"

"……?"

이채영도 궁금한 눈으로 인수를 보았다.

"청와대에 있었습니다."

"……!"

"대통령님께 확답을 듣고 왔습니다. 소신껏 일하라고 하셨습니다."

"......"

"광수대 남정우 형사로부터 피의자 박재영에 대한 수사 기록을 받아 두었습니다. 민정수석이 광수대 형사를 이용해 대한민국 검사를 사찰했더군요. 불법 사찰 및 사생활 침해로 남정우 형사 당신부터 기소하겠다고 하니, 순순히 협조해 주었습니다. 그럼, 바로 두 피의자 기소 들어가겠습니다. 우경조선 국고손실의 주범 강진태의 혐의는 직권남용에 업무상배임과 직무유기입니다. 아, 저를 상대로 불법 사찰과 사생활 침해 혐의를 추가하게 되면 남정우 형사가 증인으로 서 주겠다는 확답도 들었습니다."

인수가 준비한 박재영의 혐의 조사 기록에 남정우는 사인하지 않고는 버틸 수가 없었던 것이다.

"더 하실 말씀 없으시면 이만 나가 보겠습니다."

두 사람은 저절로 턱이 벌어진 상태로 눈만 깜박거렸다.

이채영이 아찔하다는 듯 머리를 털며 정신을 차렸다.

"역시 박 검이야!"

박수를 치려는 그때였다.

"잠깐만!"

"네?"

"박 검, 나도 민정수석을 좋아하지 않아. 자네 말대로 그가 저지른 범죄로부터 그를 지켜 주고 싶어서 이런 말을 하는 것도 아니고."

"네, 잘 알고 있습니다."

"하지만 말이야. 그러지 마. 내가 민정수석을 직접 만나서 얘기해 볼게! 이런 수도 있어. 민정수석이 강진태에 대한 수사여부는 아직 진행 중이라고 하면 우리가 바로 불리해져!"

자네에서 우리로 바뀌었다.

"그 부분도 잘 알고 있습니다."

"내가 아는 강진태 그 양반이라면 절대로 자기 돈을 주지도 않을 양반이지만, 만약 뇌물을 주었다고 해도 그 흔적이 남지 않았을 거고. 맞지?"

"맞습니다."

"강진태가 재벌들을 끌어들여 박재영에게 상납하도록 하기에도 지금은 시기적으로 맞지 않아."

민정수석에서 박재영으로 바뀌었다.

"네."

"술자리 몇 번으로 과연 향응 제공이 적용될까? 자네가 1심에서 최소 5년을 구형했다고 쳐! 금품 수수 부분 없이 3심 가면 파기환송이야."

"그러겠죠."

"그래! 그러니까 내가 민정수석을 직접 만나서 얘기해 볼게."

"강진태만 기소하는 것으로요?"

"그렇지!"

한석명이 손가락을 튕기며 말을 덧붙였다.

"딱 그거지."

"시나리오 나왔네."

이채영이 아까 치려다 만 박수를 치기 시작했다.

"그럼, 만나 보시고 말씀 전해 주십시오."

"그래, 알았어. 지금 당장 전화해야겠군."

한석명이 박재영에게 전화를 걸었다.

"네, 접니다. 아…… 전화로 말씀드리기는 어렵고, 만나
뵙고 말씀드리겠습니다. 네, 알겠습니다. 유강. 그럼 거기
에서 뵙겠습니다. 7시. 네."

전화를 끊은 한석명이 박수를 딱 쳤다.

짝!

"근데, 박 검. 노파심에 내가 다시 묻는데 말이야."

"네, 말씀하십쇼."

"대통령께서 주신 확답 확실하지?"

"네. 확실합니다. 당신의 흠은 이미 드러났으니 친인척을
구속시키면 시켰지 총장님을 내치실 일은 절대로 없다고
하셨습니다. 총장님께 이 말씀을 꼭 전해 달라고도 하셨습
니다."

"응?"

"우리 검찰만이 대한민국의 적폐를 청산할 수 있는 유일한 칼이다."

한석명의 얼굴이 확 펴졌다.

"그래! 자, 그럼 돌아가서 푹 자고 내일 열심히 일들 해."

"네, 총장님."

"네."

인사를 하고 총장실을 빠져나온 두 사람은 나란히 복도를 걷다가 누가 먼저라고도 할 것 없이 얼굴에 미소를 피우기 시작했다.

그리고 마침내 이채영이 총장실에서 멀어지자 참고 있었던 웃음을 터트렸다.

"아, 하하하!"

"좋으세요?"

"야! 박 검! 그럼 좋지 안 좋냐? 잘했어!"

"단장님께서 변하지 않으시니까 저도 밀고 나갈 수 있는 거죠. 항상 감사드립니다."

"잘했어. 최고야!"

이채영이 인수의 어깨를 툭 치고는 엄지를 치켜세워 주었다.

"그런데 말입니다."

"응?"

"강진태 장관은 민정수석이 먼저 날릴 겁니다."

"무슨 소리야? 아까 시나리오는 그게 아니었잖아?"

인수가 씩 웃었다.

"총장님께서 민정수석을 만나 대통령의 확고한 의지와 함께 강경한 자세를 보이면, 민정수석이 둘 수 있는 수는 그것밖에 없습니다."

"우와."

이채영은 감탄사가 절로 나왔다.

인수가 그런 이채영을 향해 두 손을 모아 하트를 만들고 있었다.

"어? 위험해. 나 아직 그런 거에도 설레는 나이야."

"됐습니다."

인수가 표정을 확 바꾸며 앞서갔다.

"자네는 그런 태도가 문제야!"

이채영이 인수의 뒤에서 한석명의 성대모사를 하며 웃고 있었다.

인수도 따라했다.

"웃어?"

"이게 확!"

"아니, 저도 아까 총장님 따라한 건데…… 단장님 고개 숙이고 웃다가 딱 걸리셨잖아요."

"아, 그런 거였어? 진짜 못하네."

"아, 네…… 못해서 죄송합니다."

이채영이 웃으며 다가와 인수의 엉덩이를 토닥여 주었
다.

"이거 성추행입니다."

"아들 같아서 그래."

"됐습니다."

인수가 다시 표정을 확 바꾸고는 앞서가자, 뒤에서 이채
영이 '나도 고소해라!' 하며 소리치고 있었다.

그러자 인수가 뒤돌아 다시 또 두 손을 모아 하트를 날려
주었다.

◇ ◆ ◇

"강진태 장관 말입니다……."

지현근이 박재영에게 전한 귓속말이었다.

"만약 총장의 의지가 확고하면 수석님께서 직접 내치셔
야 합니다. 강 장관은 지금 수석님의 발목을 채우고 있는
유일한 족쇄입니다. 쳐낼 수밖에 없습니다."

박재영의 표정이 그 특유의 무표정으로 바뀐 이유였다.

트리니티 레볼루션
Trinity Revolution

제74장. 합동감찰작전

　민정수석실 민정비서관 지현근이 공식 브리핑을 통해 우경조선사태의 핵심 주범 강진태 장관에 대한 공식수사를 진행하겠다고 밝혔다.

　그야말로 기습 브리핑이었다.

　전혀 예상하지 못하고 있다가 뉴스를 통해 소식을 접한 강진태가 박재영에게 전화를 걸었다.

　하지만 그의 귓가에는 '고객님의 전화기가 꺼져 있어…….' 라는 안내음만이 맴돌 뿐이었다.

　똥줄이 타들어 간 강진태는 여러 사람에게 전화를 돌렸다. 그렇게 확인 끝에 박재영의 새 전화번호를 알아냈고, 겨우 통화를 할 수 있게 되었다.

"형님! 어떻게 저한테 이럴 수가 있습니까?"

[누구십니까?]

"형님! 저 진탭니다!"

[아…… 강 장관님? 근데 제가 왜 강 장관님 형님입니까?]

"형님! 저한테 이러시면 안 되죠!"

[어허, 자꾸 형님이라 그러시네. 아니 글쎄 누가 강 장관님 형님이냐고요. 전화를 잘못 거셨습니다.]

"야 이 새끼야!"

[네? 지금 욕하신 겁니까?]

"그래! 욕했다! 이 개새끼야!"

[욕을 하시면 안 됩니다. 좋은 말로 해야죠. 한 번만 더 전화해서 욕하면 경찰에 언어폭행죄로 고소하겠습니다.]

뚝. 뚜뚜뚜뚜.

"뭐야? 끊어 버렸네? 으아아아아!"

강진태가 욕을 내뱉고 고함을 질러 대는 이 시간.

서울중앙지법 영장전담판사는 우경조선사태의 핵심 주범 강진태에 대한 구속영장을 발부했다.

이채영 차장검사의 기소로 강진태는 재판에 회부되었고, 1심에서 징역 4년을 선고받았다.

특이하게도, 서울고법에서 이어진 2심에서는 형량이 늘어났다.

"재판장님. 피의자 강진태는 자신이 가진 강력한 권한을

남용하고도 정당하게 직무를 수행했다며 혐의를 부인하고 반성하지 않고 있습니다. 이에 본 검사는 피의자 강진태에게 징역 5년 2개월에 벌금 6천만 원, 추징금 1억 3천만 원을 구형하는 바입니다."

방청석이 술렁거렸다.

고위공직자의 부정부패에 대한 검사의 구형이 위로 갈수록 낮아지면 낮아졌지 높아진 경우는 없었기 때문이었다.

더욱 놀라운 것은 대법원 판결이었다.

대법원 판결에서 강진태는 특정경제범죄가중처벌법에 의해 징역 7년에 벌금 45억을 선고받았다.

탕탕탕!

◇ ◆ ◇

인수는 언제든지 마음만 먹으면 박재영을 기소할 수 있는 모든 준비가 되어 있는 상태였다.

강진태가 박재영에게 자신을 살려 주면 가진 재산을 모두 다 주겠다고 말한 음성도 다 녹음되어 있었다. 그리고 우경조선사태를 잠재우기 위해 강력범죄와의 전쟁을 조작한 부분까지도 녹음되었다.

박재영은 인수가 치밀하다는 것은 알고 있었지만, 언제든지 마음만 먹으면 자신을 저 밑바닥까지 추락시킬 수 있다는 사실까지는 알지 못했다.

자신의 주특기인 일명 구린 놈들 발목 잡아 가기를 다른 사람도 아닌 인수가 진행하고 있다는 사실을 상상조차 하지 못하고 있는 것이었다.

강진태를 내친 박재영은 본격적으로 대통령 흠집 내기에 들어갔다.

대통령 친인척비리 특별수사가 진행되었고, 관련 피의자들은 줄줄이 쇠고랑을 찼다.

이 과정에서 박인수 검사만큼은 반드시 옷을 벗기려고 했지만, 대통령이 막고 나서니 뜻대로 되지가 않았다.

그래도 박재영이 의도한 대로 대통령의 지지율이 70퍼센트에서 40퍼센트로 급하락했다.

하지만 박재영은 자신이 내뱉고도 인수를 자르지 못한 것에 분노했고, 자신의 지지율 상승은 안중에도 없었다. 어쩌면 그것은 당연한 것이었기에, 인수를 쳐내는 일에만 더 집착했다.

"이 새끼를 어떻게 자르지?"

"털어서 먼지 안 나오는 자 없지 않습니까?"

지현근이 옆에서 부추겼다.

"없어 이놈은."

"설마 없겠습니까? 설령 없다 하더라도 만들면 됩니다."

"어떻게 만들어?"

지현근이 또 옆에서 박재영의 귀를 빌리려는 그때였다.

"자네."

"네?"

"박 검을 상대로 섣불리 행동했다가는 자네가 다쳐."

"수석님! 설마 이제 3학년에 불과한 사람에게 당하겠습니까? 저 지금 자존심 다쳤습니다."

"자네는 박 검이 얼마나 무서운 인간인지 아직 몰라."

"무섭다고요?"

박재영은 자신이 말하고도 창피했다. 하지만 사실이었다.

"그래. 무서워."

박재영이 솔직한 속내를 드러내자 지현근도 사태의 심각성을 받아들였다.

"박 검의 아버지가 제경패키지라는 사업체를 운영하고 있던데, 그쪽을 공략해 보는 것도 나쁘지는 않을 것 같습니다만."

"뭘 어떻게?"

"거기 임원 중 한 명을 우리 편으로 만들면 됩니다. 국내 공정거래 인증기업 4곳 중 1곳이 공정거래법 위반으로 적발되고 있는 것이 국내 기업들의 현실입니다. 뭐 털어서 안나올 게 있습니까? 한 사람을 내부고발자로 만들고 더 좋은 곳으로 보내 주면 되지요. 그러면 박 검이 다른 사람도 아니고 아버지 일에 안 나설 수가 있을까요? 나서는 순간 검찰 직권남용이지요."

"흠······."

박재영이 잠시 생각에 잠겼다. 갑자기 김선숙 여사의 얼굴이 떠오르는 이유를 알 수가 없었다. '오메······.' 하며 말하는 그 사투리까지.

"그건 추잡한 짓이야."

"아······ 네."

지현근은 몹시 당황스러웠다. 진흙탕 싸움이 되지 않고서 어떻게 상대를 죽일 수가 있단 말인가.

하지만 모시는 보스의 뜻이 확고하니 더 이상 진행할 수 없는 부분이었다.

"뭐 다른 방법 없나?"

지현근은 머리를 쥐어짜야만 했다. 눈앞의 이가 차기 대통령이 되면 자신의 인생은 그 누구도 부럽지 않을 만큼 화려하게 펼쳐질 테니, 오른팔 자리를 지켜 내야만 했다.

"내사를 진행할까?"

한데, 박재영이 먼저 묘수를 내놨다.

신기하게도 머릿속에서 갑자기 떠오른 것이었다.

밖에서 화이트존을 통해 두 사람의 대화를 듣던 인수가 박재영의 머리에 내사를 심은 것이었다.

하지만 두 사람은 꿈에도 몰랐다.

"좋습니다. 하지만 여기서 한 가지 조심해야 할 부분이 있습니다."

지현근이 본능적으로 다리를 걸쳤다.

"그게 뭐야?"

"이런 일은 합동작전이 핵심입니다."

지현근도 말을 하고는 깜짝 놀랐다. 자신이 이렇게 짧은 순간에 멋진 생각을 내놓을 줄이야!

"대검찰청 감찰본부만 움직이지 마시고 법무부 감찰팀까지 동원해 합동작전을 펼치는 것이 옳다고 판단됩니다."

"그렇군."

"명분은 검찰 개혁입니다."

"……!"

"대통령의 공약이기도 합니다."

"그러네?"

"대통령의 공약을 실천하기 위해 민정수석실이 직접 움직인다. 검찰 내부의 잘못된 관행과 비리, 그리고 부패를 뿌리 뽑기 위해 대대적인 내사를 진행한다."

"하지만 핵심타깃은 박인수."

"맞습니다. 물론 그 전에 본보기를 보여야 의심이 없죠."

"진행해. 기자들에게 보도 자료 뿌리고."

"네, 알겠습니다!"

◇ ◆ ◇

-민정수석실 지휘, 매머드급 합동 감찰팀 구성.-

각 신문사와 방송국들이 서로 앞다투어 특종으로 보도했다.

법무부 감찰팀 10명, 대검찰청 감찰팀 12명.

합동 감찰팀은 22명의 검사와 수사관으로 구성되었다.

기자들 앞에 직접 나선 박재영이 입장을 발표했다.

"국민 여러분. 대통령의 공약을 실천하기 위해 민정수석실이 직접 움직입니다. 검찰 내부의 잘못된 관행과 비리, 그리고 부패를 완전히 뿌리 뽑기 위해 대대적인 내사를 진행합니다."

본보기가 가장 무서웠다. 서울중앙지검장부터 본보기로 직격탄을 맞았다.

저 밑에서부터 산전수전 공중전까지 다 겪으며 꾸역꾸역 기어올라 겨우 서울지검장이라는 어마어마한 타이틀을 손에 쥐고 좋아했던 그가 합동 감찰팀에게 탈탈 털렸다. 법무부 검찰국장도 안전하지 못했다. 인사위원회 구성에서 인사권남용이 문제가 되자, 직접 출석해 조사를 받고는 울며 집으로 돌아갔다.

서울지검장에 이어 인천지검장, 대전지검장, 광주지검장으로 내려가자 각 지검장들이 벌벌 떨기 시작했다.

대책회의를 위해 모인 검찰 간부들이 일제히 쌍욕을 내뱉기 시작했다.

"박재영! 이 배신자 개새끼!"

"이 개새끼 검찰의 수치야!"

"개새끼야! 개새끼! 지금까지 우리 검찰에 이렇게까지 더럽고 추잡한 개새끼가 없었어!"

"검사동일체? 개나 줘 버려라! 나쁜 놈의 새끼!"

"뭐? 우리 검찰은 그 누구의 편도 아닌 오직 검찰의 편이다? 에라 이 호래자식아! 아, 성질난다! 진짜!"

"맞습니다! 아니 뭐 지가 검찰총장일 때는 검사동일체를 그렇게 주장하더니, 인제 와서 대권을 노리고 우리를 죽이는 거 봐요! 이런 천하의 호로 쌍놈의 새끼가 어디에 있습니까?"

한마디로 난리법석이었다.

그렇게 본보기가 끝나자 합동 감찰팀은 박재영의 명령에 의해 인수를 상대로 표적수사에 들어갔다.

◇ ◆ ◇

대검찰청 10층 특수단 사무실.

22명의 합동 감찰팀이 사무실 안으로 우르르 밀려들어 양쪽으로 갈라섰다.

팀장 조영길이 주인공처럼 그들의 뒤에서 등장했다.

박인수를 탈탈 털어 옷을 벗기면 자신은 검찰총장까지 내다볼 수가 있었다.

"모두 동작 그만. 그대로 일어서서 밖으로 나간다. 실시."

특수단의 단장 이채영이 벌떡 일어서서 소리쳤다.

"야! 조영길이!"

"네?"

"너 내 손에 죽고 싶어? 지금 같은 검찰끼리 뭐 하자는 거야?"

"이 단장님, 지금 분위기 파악을 못하시네요?"

"시끄러!"

"시끄러운 건 제가 아니고 이 단장님이죠! 됐고, 지금부터 합동 감찰 시작합니다. 뭐 하고 있어? 다들 탈탈 털어!"

21명의 검사들과 수사관들이 박스를 펼치고 서류를 죄다 그 안에 쑤셔 박기 시작했다.

컴퓨터 전원을 쑥 뽑아 박스 안에 냅다 던졌다.

"하지 말라고!"

이채영이 직접 한 명씩 붙잡아 말렸지만, 막을 수가 없었다.

그렇게 특수단이 탈탈 털리는 날이었다.

우르르 밀려들어 왔던 합동 감찰팀이 우르르 빠져나간 뒤, 사무실 안은 완전히 폭탄을 맞은 것처럼 처참했다.

울상을 짓고 있던 이채영이 복도에서 사무실 안을 슬쩍 들여다보았다.

그러더니 씩 웃었다.

그렇게 뒤돌아 사라진 합동 감찰팀을 확인하고는 인수에게 말했다.

"저 바보들."

"바보들."

인수가 이채영과 함께 웃으며 말했다. 그러자 유정부터 시작해 특수단 단원들이 합동 감찰팀이 사라진 복도를 향해 일제히 '저 바보들!' 하면서 손가락질하고 조소했다.

특수단 사무실은 10층이 아닌 9층이었다.

인수가 대검찰청 입구의 9층 특수단 안내판부터 싹 바꿔 버린 것이었다.

합동 감찰팀이 탈탈 털어간 것들은 모두 지금의 상황을 대비해 꾸며놓았던 것이고, 단장 이채영이 조영길을 상대로 연기를 펼친 것이다.

그러니 조영길은 일단 털고 나서 그 자료를 토대로 박인수를 집중 공격할 계획이었다.

"없네."

조영길은 특수단에서 털어 온 자료에서 박인수에 대한

67

그 어떤 약점 하나도 찾을 수가 없었다.

　활동비부터 시작해 기관장 격려금 사용내역, 그리고 피의자와 증인들의 대면과 서면조사에서 이루어질 수 있는 봐주기 수사와 청탁 관련 문제, 각종 조사서류까지.

　"사람이 하는 일인데…… 이렇게 완벽할 수도 있나?"

　모든 것이 다 완벽했다. 인수가 지금을 대비해 단 하루 만에 준비한 자료들이었다.

　"뭐라고 보고하지?"

　조영길은 손을 들어 턱밑을 긁을 뿐이었다.

◇ ◆ ◇

　"없어?"

　[네. 없습니다.]

　"야. 조영길이."

　[네, 수석님.]

　"너 지금 뭐 하냐?"

　[죄송합니다. 정말 너무나도 깨끗하고 완벽합니다. 그 어떤 약점도 찾아낼 수가 없습니다.]

　"야 인마!"

　[네, 수석님!]

　"없으면 만들어서라도 가져와!"

[알겠습니다!]

박재영이 전화를 끊고는 씩씩거렸다.

"없다고요?"

지현근이 옆에서 박재영의 화를 부채질했다.

"내가 말했지! 무서운 놈이라고!"

"죄송합니다."

"아! 진짜 뭐 이런 놈이 다 있지?"

박재영은 인수만 생각하면 정말 심장이 조여 오고, 머리가 다 지끈거려 왔다.

엄청난 압박에 시달리는 것이었다.

박재영의 입에서 한숨이 절로 터져 나왔다.

"하아!"

옆에 있던 지현근은 어떻게든 이 일을 해결하기 위해 머리를 쥐어짜고 있었다.

'그래. 박인수! 누가 이기나 보자!'

그렇게 사람의 위험한 오기가 발동하는 순간이었다.

하지만 사건은 엉뚱한 곳에서 터졌다.

제75장. 분노의 막장

트리니티 레볼루션
Trinity
Revolution

제75장. 분노의 막장

　광화문 광장에서 박재영의 연설을 듣던 백학전자 노동조합 위원장 하웅식과 편집부장 정기태는 어이가 없었다.

　"정 편집. 방금 들었어? 박재영 저 새끼 저거……. 완전 도둑놈이네? 어떻게 토씨 하나 안 틀리고 자네가 소식지에 쓴 글과 똑같이 말할 수가 있지?"

　"위원장님. 정말 헐이네요. 근데, 참 신기하네요. 내가 쓴 글을 어떻게 알고 지금 저렇게 당당하게 씨부렁거리는 걸까요?"

　"그러니까 도둑놈이지. 남의 글 훔쳐서 자기가 써서 연설하는 것처럼 아가리 놀리고 있잖아. 일단 알아보고 고소 들어가자고."

"무슨 저딴 놈이 민정수석이라고. 헐이다, 진짜. 어이가 없네."

정기태는 실로 어처구니가 없었다.

백학은 기본적으로 노동조합을 인정하지 않는 노선을 걸어왔었다.

하지만 백학전자의 노동자들 중 한 명이 노동3권에 의거해 노동조합을 만들었고, 백학전자 사장을 상대로 임금교섭을 원했다.

백학전자의 사장 장만용은 바로 장우식의 아버지이자 장승철 회장의 아들로 백학의 실세나 다름없었고, 그는 노동조합을 무시했었다.

기본적으로 노동자들을 무식한 인간들로 생각했다. 노동자들을 소모품이나 도구 정도로만 생각했기에 그들이 조합을 만들어 단체행동을 해 봐야 뭘 얼마나 하겠냐는 듯 조소할 뿐이었다.

"노동조합 위원장? 간부? 웃기고 자빠졌네. 그 소 돼지들은 술 좀 먹이고 돈 몇 푼 쥐여 주면 고분고분해지게 되어 있어."

역시나 장만용의 생각대로, 노동조합의 위원장과 간부들을 고급 식당에 초대해 술을 먹이고 봉투에 돈을 넣어 주니 꼭두각시처럼 휘두를 수가 있었다.

이미 몇 번의 배신을 당해 보았던 조합원들은 노동조합의 위원장이 어떤 방향을 가고자 해도 결국에는 다 보여 주기 위한 연기라며 믿지 않았고, 참여하지도 않았었다.

10년 동안 동결된 임금이 바로 그 증거였다.

단결력 제로, 조직력 제로. 신뢰는 이미 바닥에 떨어졌고 표류하는 배처럼 갈 곳을 잃은 조직이었다.

그렇게 10년간 노동조합을 손아귀에 움켜쥐고 쥐어흔들 수 있었다.

하지만 뜻밖의 인물이 등장함으로 인해 상황은 완전히 뒤바뀌고 말았다.

믿었던 노동조합의 위원장과 간부들이 회사에 버섯처럼 기생해 호의호식하며 조합원들의 피를 빨아먹자 새로운 인물들이 등장한 것이었다.

지금의 하응식과 정기태 같은 인물들이 그 대표적인 인물이었다.

특히 뛰어난 글솜씨를 지닌 정기태가 소식지를 통해 조합원들의 가슴에 쌓여 있던 응어리를 풀고 그들의 가슴에 불을 지폈다,

거기에 신임 위원장 하응식이 회사 임원들을 상대로 사적인 만남을 거부하는 정책을 펼치자 조합원들은 환호했다.

그렇게 조합원들을 하나로 똘똘 뭉치게 한 글이 지금 광화문 광장에서 열변을 토해 내고 있는 박재영의 입에서 토씨 하나 틀리지 않고 흘러나오고 있었다.

〈조합원 동지 여러분! 도대체 자본이 어떻게 생겨난 것입니까? 우리 사람이! 그 누구도 아닌 우리 노동자들이! 저 거대한 자연력까지도 극복할 만큼의 힘찬 노동력과 생산력을 만들어 내고! 그 힘이 바로 자본이란 것을 창출해 내는 것이 아닙니까?〉

지현근이 남의 글을 훔쳐 와 박재영에게 건네주었기 때문이었다.

그리고 이것이 표절 시비에 걸리게 된 결정적인 이유는 바로, 정기태가 자신이 쓴 글을 틈틈이 모아 〈건강한 노동조합〉이라는 제목으로 책을 출간했기 때문이었다.

백학전자 노동조합은 위원장을 대표로 민정수석실에 정식 사과를 요청하는 공문을 보냈다.

처음에는 단지 그것뿐이었다.

집회에 참석한 전국 노동자들을 환호하게 만들었던 그 뜨거운 연설문이 정기태의 글을 차용해 사용했다는 말만 하면 되는 것이었다. 그 이외에 다른 것을 원한 것이 아니었다.

하지만 깜깜무소식이었다.

그로부터 2주 뒤, 하웅식 위원장에게 한 공문이 전달됐다.

무고죄와 명예훼손죄로 고소하겠다고 협박이었다.

이에 화가 난 하웅식은 이 사실을 시민단체와 언론에 먼저 알렸고, 정기태는 민정수석 박재영을 상대로 고소에 들어갔다.

고소장이 접수되자, 서울강남경찰서는 핵폭탄을 껴안은 기분이었다.

엠비엠을 비롯한 각 방송 매체들이 앞다투어 박재영의 광화문 연설문 표절 시비를 보도했다.

"결국 시작되었군."

뉴스를 지켜보던 인수가 혼자 중얼거렸다.

백학전자 사장과 임원들은 발칵 뒤집혔고, 사태 수습에 나서기 시작했다.

긴급이사회가 열렸고, 임원들이 한마디씩 던졌다.

"진짜 도둑놈들은 노조 놈들이 아닙니까? 감히 그분이 어떤 분이시라고 표절이라니요? 허, 참! 기가 막힐 따름입니다. 제가 명예훼손으로 맞고소를 들어가고 싶은 심정입니다!"

"박재영 민정수석님은 차기 대통령이 확실한 분이십니다. 우리 백학이 먼저 사과성명을 내야 합니다."

"그 전에 중요한 건 그 편집부장 정기태라는 작자가 자신의 잘못을 인정하고 고소를 취하하도록 설득해야 하는 게 우선 아닐까요?"

"맞습니다. 일단 회유해 보도록 합시다."

"알겠습니다."

백학전자 노무이사가 직접 나섰다.

정기태를 고급 요정에 초대해 술을 먹였고, 명품 가방을 건넸다.

하지만 전혀 먹히지가 않았다.

"지금 장난해? 사람 불러다 놓고 뭐 하자는 거야?"

"허, 참…… 편집부장님, 그렇게 모나게 하실 필요가 뭐가 있습니까? 다 좋은 게 좋은 거 아닙니까? 막말로, 글이라는 것이 작성을 하다 보면 서로 비슷할 수도 있고 그런 거 아닙니까? 편집부장님 주장대로라면 대한민국 소설이라든지 영화 이런 거 다 비슷비슷한데 이런 것도 다 표절로 고소 들어가고 그래야 하나요?"

"와, 진짜 웃기는 작자들이네. 지금 당신은 이 사건의 핵심이 뭔지도 몰라! 어디서 감히 나를 상대로! 이것도 뇌물 상납으로 고소 들어가 줄까? 응?"

"야 인마! 어린놈의 새끼가 어른이 오냐오냐해 주니까 내가 우스워? 어디서 계속 반말을 찍찍 내뱉고 말이야! 너 같은 놈 하나 죽이는 것쯤이야 일도 아니야! 사람이 딱해 보여서 좋게 나오면 알아서 대충 눈 감고 받아들이는 게 현명한 거지!"

"그래, 이제야 본색을 드러내시네. 가서 그 도둑놈한테 전해. 내가 죽으면 죽었지 고소를 취하하는 일은 절대로 없을 거라고! 알아들었어?"

"하, 이런 앞뒤가 꽉 막힌 똥 멍청이 같으니라고. 알았어. 넌 이제 죽을 일만 남은 줄 알아라."

노무이사가 가방을 챙겨들고는 밖으로 나가 버렸다.

그러자 정기태가 재빨리 몸을 날려 먼저 식당을 빠져나가며 말했다.

"저 고급 요리 내가 주문한 거 아니거든?"

"……"

그들이 가장 잘하는 짓인 회유가 먹혀들지 않자 이제는 협박에 들어갔다.

사장 장만용이 정기태를 사장실로 직접 불렀다.

"가지 마. 웃긴 놈이네. 지금 누가 누구를 오라 가라 마라야?"

그러자 위원장 하웅식이 다시 전화해 사장 당신이 조합 사무실로 직접 내려오라며 엄포를 놓았다.

장만용은 하웅식의 전화를 받고 나서 헛웃음만 터트리고 말았다.

"나보고 오라고 하네?"

사장이 웃으며 전화기를 내려놓자, 임원들도 모두 웃었다.

"지금 웃겨?"

사장의 말에 다시 분위기가 싸늘해졌다.

민정수석실도 발 빠른 대응에 들어갔다.

물론 지현근이 박재영에게 박살이 난 뒤였다.

"야! 너 감히 나를 도둑놈으로 만들어? 이거 봐! 이거 보고도 계속 거짓말할 거야?"

"수석님! 저 정말 억울합니다! 하늘에 맹세코 제가 직접 작성한 것입니다!"

"근데 어떻게 이렇게 똑같을 수가 있냐고!"

"수석님 광화문 연설을 앞두고 각 노동조합의 글들을 찾아서 많이 읽고 연구했습니다. 그렇게 그들의 마음에 다가가다 보니 뜻이 같은 연설문이 완성된 것이지, 하늘에 맹세코 정기태의 글을 훔치지 않았습니다! 저도 정말 억울해 죽겠습니다!"

"지금 중요한 건 네가 억울한 게 아니야! 봐! 눈이 있으면 똑바로 보라고! 자본은 자본 그 자체가 문제가 아니라! 자본을 가진 사람들이! 정의롭지 못한 인간들이! 자본의 문제를 만들어 내는 것 아닌가? 자기들 호주머니만 채우기 급급해서 노동자들의 머리에 빨대를 꽂고는 피와 땀을 쭉쭉 빨아 가고 있는 것이 우리 노동자들이 처한 현실이다! 여기에서 '우리 노동자들이 처한 현실이다!' 싹 지우고 '것 아닙니까?' 만 바뀌었잖아!"

"수석님! 제가 수습하겠습니다. 기자들 모아서 공식 입장 발표하겠습니다."

"당장 수습해! 못하면 넌 끝이야! 알았어?"

"네!"

지현근이 청와대 출입기자들 앞에 직접 나서서 해명했다.

"사실무근입니다. 당시의 연설문은 민정비서관인 제가 직접 작성한 연설문입니다. 민정수석실에서는 민정수석을 흠집 내기 위한 터무니없는 정치 공작에 강력하게 대응할 방침입니다. 저 역시 정기태 백학전자 노동조합 편집부장을 상대로 맞고소에 들어가겠습니다. 이는 이 사회의 무뢰배들로부터 사회정의를 실현하기 위함입니다."

지현근의 입장 발표 이후, 백학전자에서도 발 빠른 대응에 들어갔다.

법원의 판결에 따라 정기태의 무고죄와 명예훼손죄가 성립되면, 직원의 도덕성 해이 문제와 기업 이미지 실추에 따른 책임을 묻기 위해 해고절차를 밟겠다는 입장이었다.

정기태의 고소장은 총 12번의 반려 끝에 강남경찰서에서 수사조차 진행하지 않고 있었다.

그와 반대로 무고죄와 명예훼손죄는 일사천리로 진행되어 유죄가 판결되었다.

"썩은 세상! 더 이상은 참을 수 없다!"

위원장 하웅식은 파업을 선언했고, 조합원들을 이끌고 총집회에 들어갔다.

하지만 조합원들은 움직이지 않았다.

정기태의 법정 패배는 그들에게 두려움만 안겨준 것이었다.

하웅식은 실망스러운 조합원들의 태도에 슬퍼했고, 민정수석 박재영을 향한 분노를 이겨 내지 못하고 극단적인 행동을 하고 말았다.

백학전자 본사 앞에서 몸에 휘발유를 부은 뒤 불을 붙여 버린 것이었다.

"정기태 편집부장은 무고하다! 민정수석 박재영은 남의 글을 훔친 도둑놈이다! 동지들이여! 나의 뒤를 부탁한다!"

온몸이 불에 타오르며 생을 마감하는 그 순간까지도 하웅식은 소리쳤다.

그리고 그 다음 날, 정기태도 자신의 차 안에서 연탄불 자살로 생을 마감했다.

인수는 연설문 표절 논란에 휩싸인 박재영에 관한 엠비엠의 특종보도를 지켜보며 자신이 겪은 일을 떠올렸다.

귀환하기 전처럼, 2명의 억울한 희생자가 발생하지 않도록 막아야 했다.

"서둘러야겠어."

인수는 검찰총장 한석명에게 전화를 걸었다.

"네, 총장님. 이 사건 제가 맡겠습니다. 이관시켜 주십시오."

[어떻게 할 셈이야?]

"국민 여러분에게 진실을 밝혀 드려야죠."

[어림없는 소리야! 진실이 뭔데? 아니, 진실이 뭐든 그게 가능할 거 같아?]

"진실은 지현근이 남의 글을 훔친 것입니다. 제가 직접 해결해 보겠습니다."

[박 검! 정기태가 고소 취하하게 해! 그러면 내가 힘써서 서로 좋은 방향으로 해결될 수 있도록 노력할게! 그게 최선이야! 안 그러면 그 양반만 크게 다친다고!]

"한 번 만나서 말해 보겠습니다."

[그래, 알았어. 내 말 꼭 명심해! 알았지?]

"네, 총장님. 아, 참. 대통령께서는 해외 순방 중이시니 법무부장관님 이하, 검찰 간부들에게 이관 소식 전해 주십쇼."

[뭐?]

"전화 끊겠습니다."

전화를 끊은 인수가 밖으로 나갔다.

◇ ◆ ◇

서울강남경찰서.

"안녕하십니까? 대검에서 나왔습니다."

인수가 안으로 들어와 신분증을 제시하자, 팀장이 벌떡 일어섰다. 서울중앙지검에서 정기태 고소장을 반려하라는 지시가 떨어진 상태인데 대검에서 검사가 출동했으니, 뭔가 서로 맞지 않는 것이 척 봐도 비상이었다.

"어쩐 일이십니까?"

"정기태 고소 사건 수사 진행하셨습니까?"

"그게……."

"고소장이 접수되었으면 경찰은 수사해야 하는 거 아닙니까? 이거 직무유기입니다."

"반려 처리되어 고소인에게 연락했습니다."

"반려요?"

"부족한 기재사항이 많아서……."

"팀장님."

"네."

"경찰이 고소장을 반려할 법적근거가 있습니까?"

"없습니다."

"그런데 왜 반려했죠?"

"방금 말씀드렸다시피 부족한 기재사항이……."

"고소장 주세요."

"네?"

"케이스 이관되었습니다. 대검찰청 부패범죄특별수사단에서 직접 조사합니다."

"네에?"

팀장의 두 눈이 동그랗게 떠졌다.

◇ ◆ ◇

자리로 돌아온 인수는 고소인 정기태에게 전화를 걸었다.

"안녕하십니까? 대검찰청 부패범죄특별수사단 박인수 검사입니다. 정기태 편집부장님 맞습니까?"

"네, 맞습니다만?"

반려를 예상했는데, 서울중앙지검도 아니고 대검찰청? 내가 잘못 들었나?

정기태는 자신의 귀를 의심했다.

"사건이 이관되어 고소인 조사를 위해 출석을 요구합니다."

"아……."

"시간이 촉박합니다."

"……!"

정기태가 깜짝 놀랐다. 검찰이 자신에게 이렇게 호의적일 줄이야.

"지금 당장 가겠습니다."

"알겠습니다."

잠시 후, 정기태가 도착했다.

인수는 용기를 낸 정기태에게 악수를 청한 뒤, 따뜻하게 반겨 주었다. 정기태는 대한민국에 이런 검사도 다 있구나, 하는 표정으로 얼떨떨해 했다.

인수는 고소장을 토대로 정기태가 구두로 진술하는 사항을 녹음했고, 궁금한 사항은 고소인인 정기태에게 다시 물어서 확인했다. 수사절차를 밟은 것이다.

"수고하셨습니다. 이제 돌아가셔도 됩니다."

"감사합니다……."

정기태는 여전히 얼떨떨할 뿐이었다. 조합사무실로 돌아가 위원장에게 세상에 그런 검사가 다 있다며 칭찬을 늘어놓았다.

정기태를 배웅한 뒤, 인수는 박재영에게 전화를 걸었다.

[그래, 박 검. 어쩐 일이야? 이거 참 오랜만이군.]

잘 지내고 있어? 라고 말하려던 참이었다.

"안녕하십니까? 대검찰청 부패범죄특별수사단 박인수 검사입니다."

[뭐야, 딱딱하게.]

"박재영 수석님. 정기태 고소 관련 피의자 신분으로 출석을 요구합니다."

[……]

"여보세요? 못 들으셨습니까? 다시 말씀드리겠습니다. 박재영 수석님. 정기태 고소 관련 피의자 신분으로……."

[야!]

"여보세요?"

[너 죽을래? 너 이 새끼야! 나랑 지금 장난하자는 거야? 뭐가 어쩌고 어째?]

"정당한 이유 없이 출석하지 않으시면 체포영장이 발부되어 강제 구인될 수 있음을 알려 드립니다. 그럼, 수고하세요."

딸깍.

인수가 먼저 전화를 끊어 버렸다.

곧바로 다시 박재영에게 전화가 걸려 왔다.

"여보세요?"

[너 지금 뭐 하자는 거야!]

"피의자 출석을 요구하고 있습니다만?"

[너 진짜 미친 거 아니냐?]

"미치지 않았습니다. 지극히 정상입니다."

[야! 너 진짜 죽고 싶어?]

"정상적인 검찰 업무를 진행하고 있는 검사에게 폭언과 욕설을 하시면 안 됩니다. 지금 녹음 중입니다."

[녹음? 그래 녹음해 이 새끼야! 이 새끼가 진짜 보자 보자 하니까 완전히 돌았네? 너 두고 보자 이놈아! 이번에는 내가

진짜 못 참는다!!

딸깍.

이번에는 박재영이 먼저 전화를 끊었다.

인수가 꺼진 전화기를 안타까운 눈으로 바라보았다.

◇　◆　◇

박재영은 문을 열고 나오자마자 곧장 대통령실로 내달렸다.

"수석님? 어디 가십니까?"

앞에서 마주오던 지현근이 물었다.

"대통령실!"

"어…… 지금 대통령님 해외 순방 중이신데요……."

"아!"

박재영의 발길이 방향을 틀어 법무부장관실로 향했다.

법무부장관실.

문이 부서져라 열고 들어간 박재영이 중앙 소파에 털썩 주저앉았다.

몰아치는 숨을 감당할 수가 없었다. 끓어오르는 분노가 폭발 직전이라 호흡이 버거울 지경이었다.

"……."

법무부장관은 이미 검찰총장의 전화를 받은 뒤였고, 엠비엠의 단독 보도를 지켜보고 있었기에 박재영이 왜 저러고 있는지 잘 알고 있는 상태였다.

하지만 아무런 말도 할 수가 없었다.

박재영이 오는 동안 엠비엠의 속보가 터졌다.

〈특수단 박인수 검사, 민정수석을 향해 칼을 겨누다.〉

최근 불거진 박재영 민정수석의 광화문 연설 표절 시비와 관련하여 특수단의 박인수 검사가 직접 조사에 임한다는 속보가 터진 것이었다.

"하아, 하아!"

박재영이 이런 사정도 모르고 숨을 몰아쉬더니, 법무부장관을 향해 손가락을 까딱거렸다.

법무부장관이 조심스럽게 박재영의 앞으로 와서 섰다.

"박인수. 그 새끼 해고해."

"그게……"

"그게는 뭐가 그게야? 당장 해고해!"

"수석님. 검사 임면권은 대통령님에게 있지, 저에게는 없습니다."

"그러면 법무부장관령으로 임명제청권 발동시켜서 긴급인사위원회 열고 박인수 인사발령 지시해! 그 새끼! 그 개놈의 새끼! 박인수! 다른 부서로 당장 내보내라고!"

"알겠습니다!"

대답은 열심히 했지만, 법무부장관은 앞이 막막했다.

검사의 보직제청은 검찰총장의 의견을 들어야 대통령에게 제청할 수가 있기 때문이었다.

만약에 자신이 검찰총장을 무시하고 대통령에게 박인수 검사의 보직변경을 제청했을 경우, 틀림없이 문제가 발생할 것이었다.

이미 검찰 내부에서는 박재영이 대통령을 향한 자신의 야망과 표심을 위해 검찰을 버렸다는 소문이 파다했다.

법무부장관이 자신의 자리로 돌아간 그때였다.

박재영의 전화기가 울렸다.

"여보세요?"

서울중앙지법의 영장 발부 전담 부장판사의 전화였다. 박인수 검사의 구속영장 신청으로 영장 발부가 불가피하다는 전화였다.

"지금 장난해?"

[죄송합니다.]

딸깍.

뚜뚜뚜뚜.

전화기가 꺼지자, 박재영은 두 눈만 깜박거렸다.

지금 이 상황 현실 맞아?

실로 어처구니가 없었다.

순간, 박재영은 생각나는 사람이 딱 한 사람이었다.

지현근.

박재영은 곧바로 전화를 걸었다.

"야! 지금 너 뭐 하고 있는 거야?"

[수석님 어디십니까?]

"지금 법원에서 나를 상대로 영장 발부한다잖아! 이게 말이 돼? 너 일을 이 따위로 할 거야?"

[말도 안 돼……]

"말이 안 되고 자시고! 너 빨리 수습해! 안 그러면 네가 다 책임져야 하는 줄 알아!"

[알겠습니다!]

◇ ◆ ◇

발등에 불이 떨어진 지현근이 사태 파악에 들어갔다.

상황 파악이 겨우 되자 믿을 수 있는 것은 오직 하나, 백학의 돈이었다.

지현근은 추적이 불가능한 전화기를 이용해 백학의 장만용에게 연락했다.

"장 사장님! 한 번만 막아 주십쇼. 저는 제가 모시는 분 얼굴에 아주 작은 흠집이라도 나는 거 용납할 수 없습니다. 앞으로 이 나라의 대통령이 되실 분이십니다!"

장만용은 어이가 없어서 콧방귀를 끼고 싶은 것을 꾹

참았다. 자신의 아버지, 장승철 회장의 성매매 사건을 직접 수사하도록 지시해 기어코 실형을 때린 인간이 바로 박재영이었다.

한데, 이제는 적에서 아군이란 말인가.

참으로 추잡하고 더러웠다.

하지만 박재영의 차기 대통령 당선은 유력한 것이 사실이었다.

[알겠습니다. 부장판사 만남 주선하세요.]

"감사합니다!"

그렇게 장만용과 영장 전담 부장판사와의 비밀 만남이 이루어졌다.

백학건설의 아파트 공사가 한창 진행 중인 현장이었다.

야심한 새벽.

부장판사가 백학 직원의 안내를 받아 공사용 승강기를 타고 옥상으로 올라가자, 장만용이 직접 나와 있었다. 지현근도 있었다.

직접 거래된 현찰이 30억이었다.

30억 앞에서 부장판사는 무너지고 말았다. 장만용이 직접 나왔다. 영장 발부를 취소하라는 것도 아니고, 이 핑계 저 핑계를 대고 최대한 늦추기만 하면 되는데 못할 이유가 없었다.

그 전에 박인수 검사가 잘려 나가면 깨끗하게 해결될 테니까.

그렇게 유능한 한 법조인 엘리트가 돈의 마수에 걸리고 만 것이었다.

이 모든 장면이 미리 준비된 카메라를 통해 녹화되고 있는 것도 모른 채.

◇ ◆ ◇

인수는 구속영장 발부가 어떻게든 미뤄질 것이라는 사실을 짐작하고 있었다.

하지만 인수를 포함한 그 누구도 지금 발생한 변수를 예측하지는 못했다.

그 변수는 바로 백학전자 노동조합의 한 조합원이 우울증으로 자살한 사건이었다.

조합원의 대의원으로 열심히 활동하던 그는 가정을 잘 돌보지 못했었다.

하웅식과 정기태의 등장 이후, 백학의 노조 파괴 문건에 맞서 탄압받고 억압받는 노동자들의 권익을 살리기 위해 모든 것을 바친 남자였다.

하지만 그의 아내는 왜 당신이 아니면 안 되냐고 이해하지 못했다.

그렇게 아내에게 이혼당하고, 자식들에게까지 버림받은 그는 혼자 7평 남짓한 방에서 살다가 우울증을 이겨 내지 못하고 연탄불을 피우고는 생을 마감했다.

그가 남긴 유서가 폭탄의 도화선처럼 백학전자의 경영진과 노동조합의 싸움에 불씨를 당기고 말았다.

그의 죽음은 노동조합에게 있어서 당연히 열사의 죽음이었고, 백학전자는 우울증에 의한 단순 자살로 규정했다.

만약 노동조합장이 인정되면, 자신들의 노조 파괴 문건까지 검찰의 수사대상이 될 것이기에 이 사태를 잠재우고 덮어야만 했다.

그의 장례식은 노동조합장으로 치러졌는데, 그 이면에는 백학이 노조를 상대로 저지른 추잡하고도 더러운 짓을 검찰이 밝혀내기를 원하는 의도가 깔려 있었다.

하지만 백학전자는 이 모든 사건이 방송을 타게 되면 치명적이기에 그의 아버지를 6억에 매수했다.

6억을 받은 아버지가 가족장으로 돌릴 수 있게 회유한 것이었다.

하지만 그의 아버지는 돈을 받지 않았다.

돈을 전하러 온 백학 측은 강제로 아버지의 집에 돈이 든 상자를 던져 버리고는 강제로 손을 붙잡아 지장을 찍고는 돌아갔다. 노동조합에 가족장을 원하니 아들의 시신을 아버지의 품으로 돌려보내 달라는 내용의 글이었다.

그렇게 부모도 허락하지 않은 가족장을 준비시킨 뒤, 강제로 남자의 시신을 빼앗아 와야 했다.

이 부분에서 공권력이 필요했다.

조직폭력배를 동원할 수도 있었지만, 이 사실이 밝혀지면 회사 이미지가 더욱 추락할 수 있으니 법적인 절차를 거쳐야만 했다.

백학전자의 장만용 사장은 이미 30억이라는 거금을 사용해 박재영의 이미지에 흠이 날 뻔한 것을 늦춰 주었다.

그러니 이제는 자신이 민정수석의 도움을 받을 차례였다.

장만용은 지현근에게 전화를 걸었다.

노동조합원들이 지키고 있는 장례식장에 공권력을 투입시켜 남자의 시신을 강탈해 달라는 의도였다.

"장 사장님. 염려 마십시오. 경찰 300명 정도면 되겠습니까? 제가 즉시 투입시키겠습니다. 틀림없이 부모가 가족장을 치르고 싶어 하는데 노조가 불법으로 막고 있다는 것이지요?"

[민정비서관님. 대가리가 직접 전화한 이유가 뭘까요?]

"네?"

[너. 주제넘게 까불지 말라는 말이다. 이 부분은 수석님의 대답을 들어야겠어.]

"……알겠습니다. 수석님 연결하겠습니다."

지현근이 전화기를 손으로 막고는 자초지종을 설명했다.

그러자 박재영의 표정이 또 다시 그 특유의 무표정으로 바뀌었다.

"수석님. 대한민국은 돈으로 다 해결되는 나라입니다. 이제 자리를 내려놓으시고 대통령 후보자가 되어 선거운동에 들어가면 각종 후원회를 통해 공식 정치자금이 들어올 것이니 백학을 무조건 잡고 가야 합니다. 놓치면 안 됩니다."

마수였다. 지독한 마수였다.

말이 좋아 정치후원금이고 기부금이고 기탁금이라지만, 액면과는 달리 불법 선거자금이 모금되는 것을 피할 수가 없다.

대선에서 승리하면 검찰이 승자를 파헤치지는 못해 왔던 것이 관례였다.

하지만 승자였던 김민국을 향해 칼을 날려 선거자금을 파헤쳤던 이가 자신이 않았던가?

패자가 되면 반드시 정치보복을 당할 것이 뻔했다.

그러니 뒤를 돌아볼 시기는 이미 지났다. 지나도 한참을 지났다.

이제는 앞만 보고 달려야만 했다. 반드시 대통령이 되어야만 했다.

하지만 박재영은 자신이 지금 무리수를 두고 있다는 사실을 깨닫지 못했다.

박재영이 전화기를 건네받았다.

"그래, 지금 청장에게 연락하겠어."

트리니티 레볼루션
Trinity
Revolution

제76장. 300대 1

인수는 마음만 먹으면 마법을 사용해서라도 박재영의 구속영장을 받아 낼 수 있지만, 일단은 상황을 지켜보기로 했다.

생각지도 못했던 변수로 인해, 위원장 하웅식과 편집부장 정기태의 자살을 막는 것을 넘어 더 큰 월척을 잡아낼 수 있다고 판단한 것이다.

인수는 곧장 노동조합장이 치러지고 있는 장례식장으로 향했다.

당연히 자살한 열사의 아버지와 엠비엠의 뉴스룸 팀을 대동시켰다.

생방송이 진행되었다.

"안녕하십니까? 시청자 여러분. 엠비엠 뉴스룸의 박준우 기자입니다. 지금 보시는 현장은 대한민국의 재벌 그룹이 노조 파괴 문건을 감추기 위해 자행하고 있는 범죄 현장입니다."

박준우 기자는 다음으로 열사의 아버지를 인터뷰했다.

백학에서 보낸 사람들이 강제로 손을 붙잡아 가족장을 원한다는 서류에 지장을 찍게 했고, 돈을 거실에 던지고 갔다는 사실이 만천하에 공개되고 있었다.

그때 300명의 경찰과 백학전자 노동조합의 사람들이 몸싸움을 벌이기 시작했다.

박재영이 투입시킨 300명의 경찰은 염을 진행해야 할 열사의 시신을 강탈하기 위해서였고, 위원장과 정기태를 비롯한 노조원들은 이를 막기 위해서였다.

아무리 분노로 똘똘 뭉친 노조원이라지만, 300명의 경찰을 막아 낼 수는 없었다.

결국 서로 팔짱을 끼고 온몸으로 막고 서 있던 입구가 무너지며 경찰들이 우르르 투입되어 지하실로 향했다.

그렇게 경찰들이 염을 진행하기 위해 이동하는 열사의 시신을 막아선 그때였다.

"모두 동작 그만."

인수가 시신의 뒤에서 낮은 목소리로 말했음에도, 그 소리가 300명의 경찰들 뇌에서 쩌렁쩌렁 울렸다.

경찰들은 자신들이 몸을 움직이지 못하는 이유를 알 수가 없었다.

"대검찰청 부패범죄특별수사단 박인수 검사다. 모두 잘들어. 지금 뒤돌아 건물 밖으로 나가지 않으면 모두 공무집행방해와 권력남용 혐의로 체포한다."

300명의 경찰들이 검사 한 명을 앞에 두고 어쩌지를 못해 망설이며 서로의 얼굴을 바라보았다.

그때 그들의 대장이 인수를 향해 소리쳤다.

"우리야말로 지금 공무집행 중인 거 안 보입니까?"

"공무집행을 인정할 수 있는 증거를 제시하도록."

대장이 강제로 지장을 찍은 서류를 내밀었다.

"유가족인 아버지는 가족장을 원하는데 노조원들이 막으니 시신을 가족에게 돌려보내기 위해 공무를 집행하고 있습니다. 자, 확인됐어? 그러면 비켜. 비키지 않으면 검사고 지랄이고 네놈부터 공무집행방해로 잡아 처넣을 테니까."

인수가 씩 웃었다.

"그 서류는 위조에 강제로 지장을 찍은 날조된 것이다. 두 번 말하지 않는다. 뒤돌아 건물 밖으로 나가지 않으면 모두 체포한다."

검사 한 명과 300명 경찰의 자존심이 걸린 문제였다.

"씨발! 검사면 다야? 지금 상황 파악이 안 돼?"

인수가 다시 씁쓸한 웃음을 짓고 말았다.

"야! 무시하고 진행해!"

"네!"

경찰들이 앞으로 밀려왔고, 대장이 인수를 옆으로 밀쳐 냈다.

"……!"

하지만 그 손이 인수의 손에 붙잡혔다.

"이거 놓으세요, 검사님."

경찰대장이 헛웃음을 터트렸다.

"좋은 말로 할 때 돌아가세요."

"검사님. 우리 젊은 검사님. 검사님이나 좋은 말로 할 때 돌아가세요. 지금 우리 민정수석실에서 떨어진 명령으로 공무집행 중…… 아, 아아아악!"

경찰대장의 팔이 비틀어지며 비명을 내지르기 시작했다.

"뭐야!"

옆에 서 있던 경찰이 깜짝 놀라 또 다시 손을 뻗어 왔다. 대장의 손목을 붙잡고 있는 인수의 손을 붙잡아 비틀어 버 릴 작정이었다.

하지만 비명이 먼저 터져 나왔다.

"크아아악!"

인수가 그 경찰이 손을 뻗기도 전에 발등을 밟아 버린 것 이었다.

"아이쿠. 죄송합니다."

"뭐가 어쩌고 어째? 아악, 아파!"

발등을 밟힌 경찰은 그 끔찍한 고통에 한 발로 펄쩍펄쩍 뛰며 소리쳤다.

"지금 뭐 하자는 거야!"

호신술을 펼쳐 붙잡힌 손목을 간신히 빼낸 경찰대장이 인수의 손목을 붙잡아 꺾었다.

"······?"

하지만 인수의 손목은 강철처럼 견고해 꿈쩍도 하지 않았다.

인수가 고개를 설레설레 저었다.

"이익!"

아무리 호신술을 펼쳐도 인수의 손목은 그대로였고, 서 있는 자세 또한 변함이 없었다.

그렇게 땀을 뻘뻘 흘리며 인수의 손목을 잡아 꺾으려던 경찰대장은 퍽 소리와 함께 뒤로 밀려나 수하들 수십 명과 함께 무너졌다.

인수가 경찰대장의 손을 뿌리치며 손바닥으로 가슴을 살짝 밀쳐 버린 것이었다.

내공이 실린 그 힘에 뒤에 서 있는 경찰들까지 도미노처럼 무너졌다.

"이 양반 진짜 안 되겠네!"

이 말도 안 되는 상황을 지켜보고 있던 덩치 큰 경찰이 앞으로 나섰다. 그는 유도로 단련되었기에 업어치기 한 방으로 인수를 제압할 작정이었다.

"익! 이익!"

하지만 기술이 걸린 인수는 쇠기둥처럼 꼼짝도 하지 않았다.

아무리 기술을 걸어도 통하지가 않았다.

그 덩치가 큰 경찰은 스스로 손을 놓고는 가쁜 숨을 몰아쉬었다.

뭐 이런 괴물이 다 있지?

숨을 헐떡이다가 인수를 올려다보았다.

"다들 돌아가세요. 마지막 경고입니다."

"한꺼번에 덮쳐!"

경찰대장이 소리치자 경찰들이 우와! 하며 인수를 향해 한꺼번에 덤벼들었다.

복도이기에 가장 앞줄에 서 있던 경찰 5명이 나섰다. 달려드는 순서대로 머리가 벽에 박히고 정강이를 맞아 고꾸라졌고, 올려친 손바닥에 턱을 얻어맞아 천장으로 붕 날아올라 형광등을 박살 내고는 동료의 얼굴로 추락했다. 마지막으로 달려든 경찰은 인수가 펼친 호신술에 팔을 뒤로 제압당한 상태로 동료들을 향해 내동댕이쳐졌다.

"으아악!"

그 뒤로 달려들던 경찰들이 또 다시 도미노처럼 무너졌다.

"잡아! 잡으라고!"

이제는 우후죽순으로 달려들었다. 하지만 달려드는 순서대로 당했다.

콰직, 퍼억, 철퍼덕, 쩽그랑, 풀썩, 퍼벅, 퍽!

그렇게 어이없는 상황이 계속 펼쳐졌고, 결국에는 300명의 경찰이 모두 다 복도에 나자빠져 있었다.

"진행하세요."

인수가 뒤돌아 장례사를 향해 말했다.

장례사는 멍한 표정으로 입을 떡 벌리고 있다가 고개를 끄덕였다.

잠시 후, 이채영 차장검사가 동원해 온 경찰 병력이 나자빠져 있는 경찰들을 검거하며 밖으로 내보냈다.

◇ ◆ ◇

지현근과 함께 엠비엠이 생중계로 내보내고 있는 속보를 보고 있던 박재영이 입을 떡 벌렸다.

머리만 똑똑한 게 아니라 싸움도 엄청나게 잘하는 괴물이 바로 박인수였다.

아무리 복도에서 맞붙었다지만, 이건 두 눈으로 빤히 보면서도 믿을 수가 없었다.

"사람 맞아?"

지현근이 자기도 모르게 혼자 중얼거렸다.

하지만 박재영은 머리를 흔들어 털었다. 정신부터 차려야만 했다.

인수가 모든 것을 밝혀내면 자신의 추락은 정해진 것이었고, 이제는 피해 갈 수가 없기 때문이었다.

백학의 장 사장은 틀림없이 민정수석실에서 공권력을 투입했다고 발뺌할 것이 틀림없었다.

그렇다면 나는 어떻게 빠져나가야 하는 것인가?

박재영의 머리가 재빠르게 돌아갔다.

백학이 노조 파괴 문건의 검찰 수사를 피하기 위해 가족장으로 돌리려 한 것인지는 정말 몰랐다?

가족장이야말로 아들을 잃은 한 아버지를 위한 길인 줄로만 알았다?

"아니야."

스스로 생각해도 치졸했다.

백학과 민정수석 사이에 모종의 거래가 있었는가?

아무것도 없었다.

이렇게 주장한다 해도, 자신의 구속영장 발부를 늦추기 위해 백학으로부터 30억이라는 거액을 받아 영장 전담 부장판사에게 제공했다는 사실이 드러나면 모든 게 끝장이었다.

생각이 여기까지 미치자, 박재영은 납득할 수 없는 사실에 소름이 돋아났다.

왜 나는 스스로 무덤을 향해 가고 있는 것인가?

왜 내가 두는 수는 박인수에게 하나도 먹히지가 않고 모두 다 무리수가 되어 오히려 나를 패망으로 몰아가고 있는 것인가?

애초에 상대가 되지 않는 것이었다.

처음부터 이길 수가 없는 상대였던 것이다.

박재영은 정신이 들자 후회가 막심했다. 멍한 표정을 짓고 있는 지현근을 향해 소리쳤다.

"네놈이 다 책임져! 알았어?"

"제가요?"

"그럼 네놈이 책임져야지 누가 책임져? 내가 말했지! 쉽게 생각하고 덤벼들었다가는 오히려 다친다고!"

"저 쉽게 생각한 적 없습니다……."

"터진 주둥아리라고! 닥쳐! 네놈이 다 책임지면 돼! 내가 어떻게든 살아야 널 살려 줄 수 있는 거잖아! 알았어?"

"네……."

지현근은 어쩔 수 없이 대답하고 있었다. 스스로도 왜 이렇게 되었는지 납득할 수가 없었다.

"연설문 표절은 네놈이 한 거야! 난 읽기만 한 것이고! 왜 대답 안 해?"

"맞습니다……."

"공권력 투입도 나 몰래 네가 지시한 거야!"

"네……."

"그리고!"

"부장판사 매수는요?"

지현근이 멍한 표정으로 물었다.

"그것도 과잉충성심으로 네놈이 한 짓이잖아!"

"……."

지현근의 머릿속은 매우 복잡했다.

이런 인간을 믿고 여기까지 온 자신이 후회스러웠다. 하지만 한편으로는 아직까지는 회생할 수 있는 기회가 충분히 있다고 믿었다.

함께 궁지에 몰린 백학이 쉽게 무너질 리가 없고, 백학과 박재영이 합심을 하면 어떻게든 박인수를 제거할 수 있을 것이라 믿었기 때문이었다.

"알겠습니다! 제가 모두 책임지겠습니다! 하지만 박인수! 박인수 그놈은 수석님께서 반드시 제거해야 합니다! 그 조건이라면 제가 모든 것을 안고 가겠습니다! 그래야만 합니다!"

박재영이 비장한 표정으로 두 손을 뻗어 지현근의 양 볼을 감싸 잡았다.

그렇게 두 손에 힘을 주고 말했다.

"그래."

박재영의 목젖이 꿈틀거렸다.

트리니티 레볼루션
Trinity Revolution

제77장. 마지막 기회

인수는 서두르지 않았다.

이미 궁지에 몰린 자들이기에 상황 파악을 현명하게 할 수가 없었고, 기껏 생각해 내는 수라고 해 봐야 스스로를 무너뜨리는 무리수였다.

더군다나 지금 상태에서 판을 벌여 봐야 박재영은 충분히 빠져나갈 수가 있었다.

모든 죄는 지현근이 받게 될 것이 뻔했다.

그렇게 되면 인수는 더욱 더 안타까운 상황과 직면하게 되는 것뿐이었다.

단지, 인수가 안타까운 것은 박재영이 지금이라도 모든 것을 포기하고 가족의 품으로 돌아갔으면 하는 것이었다.

그래서 인수는 서한철을 만났다.

한강 유원지에서 만난 두 사람은 공원을 여유롭게 산책했다.

유정에 관한 이야기도 나누었고, 인수의 아들 이야기도 했다. 그렇게 가벼운 대화를 시작으로 인수가 박재영에 관한 속내를 털어놓았다.

"아저씨밖에 없어요."

"그 양반은 자기 수족들 버리면 버렸지, 절대로 정신 못 차릴 사람이야."

"정말 안타까워요."

"인수답지 않아. 진짜 정이라도 든 거야?"

"그런가 봐요. 옆에서 보고 있으면 정말 짠해요."

"내가 그래. 내가 그렇게 애증이 교차해. 충분히 바른 길로 들어설 수가 있는 사람인데, 왜 그렇게 스스로를 무너뜨리려고 하는 건지."

"마지막으로 한 번만 더 말씀드려 보세요. 제가 부탁드릴게요. 죄송합니다."

"소용없을걸? 자네도 알잖아?"

"……"

인수는 지금 서한철에게 부탁해서는 안 될 무리한 부탁을 하고 있는 것이었다.

그냥 말한다고 알아들을 박재영이 아니기 때문이었다.

"죄송할 건 없어. 그리고 난 알고 있어. 어떤 식이든 자네 마음이 편해지진 않는다는 걸."

인수가 한숨을 내쉬었다.

"요즘에는 수석님께서 총장이실 때가 자꾸 생각나요. 검찰이 겪는 딜레마는 어떻게 보면 우리 인간들이 겪는 그것과 똑같은 거 같아요."

"어느 한쪽을 선택해도 반드시 손실이 발생할 수밖에 없는 상황?"

"네. 그래서 수석님은 항상 사건들을 터트리지 않고 꽉 쥐고 가져가려고 했었죠. 그렇게 지켜보다가 검찰에게 유리할 때 터트리려고 했고요. 하지만……."

"맞아. 그건 검찰을 위한 길이 아니었어. 자기 자신만을 위한 길이었지."

"네. 말 그대로 적폐죠. 청산해야 할."

"인수는 잘하고 있는 거야. 정말 잘하고 있어. 지금 대한민국 검찰과 정치권이 얼마나 깨끗해졌는데. 다 인수 덕분이야."

"모르겠어요. 수석님에게 실형을 내리려고 하니…… 정말 모르겠어요."

"정들었군. 정들었어. 하여튼 정이 문제야."

인수는 선생님의 얼굴이 떠올랐다. 그 이유는 알 수가 없었다.

"그런가 보네요."

"안 될 건 알지만, 내가 마지막으로 한번 말해 볼게."

"네. 감사합니다. 그리고 다시 한 번 정말 죄송합니다."

인수가 허리를 숙여 정중하게 인사하고는 뒤돌아섰다.

서한철은 인수의 뒷모습을 보며 씁쓸한 웃음을 지었다.

박재영을 향한 애증이 교차하는 마음이 자신과 똑같다는
것이 참으로 아이러니했기 때문이었다.

◇ ◆ ◇

박재영의 광화문 연설 표절 사건과 장례식장 공권력 투
입 사건은 지현근이 모든 책임을 떠안고 공식적인 사과와
함께 자리에서 물러나는 것으로 일단락되었다.

뉴스 보도를 지켜보던 박재영이 코로 한숨을 내뱉는 그
때 전화기가 울렸다.

"뭔 일이야? 먼저 전화를 다 하고?"

[형님. 오늘 저 좀 봅시다.]

"그래? 알았어. 어디에서 볼까? 아니지. 기자들을 불러 모
을 테니까 이쪽으로 올래?"

서한철이 자신을 돕기로 마음을 바꾸어 먹은 줄로만 알
고 박재영은 몹시 기뻤다.

눈앞에 그럴싸한 그림이 저절로 펼쳐지고 있었다.

기자들에게 둘러싸인 서한철의 아내 윤희가 조곤조곤 말하는 모습이 보이는 것이었다.

'저 하늘에서 지켜보고 있을 남편도 박재영 수석님을 응원하고 있을 겁니다.'

하지만 이어지는 서한철의 말에 그 환상이 확 깨졌다.

[집으로 오세요]

"응?"

[드릴 말씀이 있으니까, 집으로 오세요]

서한철은 용건만을 말하고는 전화를 끊었다.

박재영은 전화기를 내려다보며 고개를 갸우뚱거렸다. 불길한 예감에 사로잡힌 그의 표정이 또 다시 그 특유의 무표정한 얼굴로 뒤바뀌고 있었다.

◇ ◆ ◇

서한철의 집.

박재영과 서한철은 현관 앞 계단에 나란히 앉아 화단을 바라보고 있었다.

두 사람 사이에는 정적만이 맴돌았다.

박재영은 말을 꺼내지 못했고, 서한철은 박재영의 말만 기다렸다.

한참을 그렇게 말이 없던 박재영이 한숨을 터트렸다.

서한철이 그런 박재영의 옆모습을 안타까운 눈으로 바라
보았다.

몇 번의 한숨 끝에 박재영이 입을 열었다.

"꼭 그래야 되겠어?"

시선은 여전히 화단에서 벗어나질 못했다.

"네."

"유정이는? 유정이는 뭔 죄야?"

"유정이도 이제 다 컸으니 알 건 알아야죠."

"이건 다 컸어도 감당하기 어려운 부분이야! 그리고 너
는? 너는 또 어떻게 감당하려고 그래?"

"형님이 다 내려놓으시면 돼요."

"하! 한철아!"

"네, 형님."

"그래. 지금이라도 제수씨 편하게 보내 줘야 하는 거 맞
아. 그 부분 나도 인정해. 하지만 왜 내가 대통령을 포기하
지 않으면 그렇게 하겠다는 거야?"

"형님."

"자꾸 그렇게 부르지 말고 대답부터 해."

"형님."

"대답을 하라고."

"인수의 부탁입니다."

"뭐?"

박재영의 두 눈이 동그래졌다.

"여기에서 그놈 이름이 왜 나와?"

"아직도 모르겠어요? 형님에게 기회를 주고 있는 거잖아요."

"기회는 무슨 기회야! 나를 완전히 엿 먹이려는 거지!"

"형님!"

"한철아! 너 지금 인수 그놈한테 휘둘리면 안 돼! 그놈이 어떤 놈인지 너 몰라?"

"잘 알고 있습니다."

"잘 알긴 개뿔이 뭘 잘 알아! 넌 그놈에 대해 아무것도 몰라!"

"인수를 모르는 건 형님입니다!"

"됐어! 됐고! 이건 네 의지가 중요한 거지, 인수 그놈이 개입할 문제가 아니야! 너와 나의 문제야!"

"맞습니다."

"그런데 왜 휘둘려?"

"인수의 부탁이지만, 저 역시 동의하는 바이니까요."

"하! 진짜 미치겠네!"

"지금 미칠 것 같은 사람은 형님이 아니고 접니다! 아직도 모르겠어요? 형님은 인수를 절대로 못 이겨요! 제가 분명히 경고하는데, 형님 이 기회 놓치시면 말 그대로 끝장입니다. 앞으로 어떻게 추락할지 정말 그 끝이 안 보인다고요!"

"그놈이 그래? 그놈이 그렇게 경고를 하더냐고! 감히 나에게!"

박재영이 계단에서 벌떡 일어나 화단 앞에 섰다.

서한철이 진실을 밝히고 윤희의 시신을 꺼내 정상적인 장례 절차를 밟게 되면, 자신은 말 그대로 끝이었다. 서한철도 사체 유기와 신원 조작 혐의에서 벗어날 수가 없을 것이다.

무엇보다 무서운 것은 이 진실을 접한 국민들의 반응이었다.

생각만 해도 아찔했다. 아니, 끔찍했다.

과거 대검의 중수부장이었을 때, 자기 몸 하나 부지해 보고자 충성을 다했던 수하를 버렸고 그 결과 그 수하의 아내까지 이런 비참한 죽음을 맞이하게 만들었다.

구천을 떠돌며 한이 맺혀 있을 영혼을 기리는 만큼, 비난의 화살이 자신을 향해 쏟아질 것이었다.

순간, 큰아들의 목소리가 떠올랐다. 그 이유를 알 수가 없었지만, 국민들이 SNS에 남길 비난의 댓글보다 아들과 나누었던 대화가 먼저 떠올랐다.

'처음부터 평범한 삶을 원했다면, 그 사람이야말로 진짜 특별한 사람이 아닐까요?'

'응?'

'아버지처럼 특별한 사람이 있는 반면, 저처럼 처음부터 평범함을 원했던 특별한 사람도 있습니다.'

'하하하! 네가 뭐가 특별해? 어디서 무슨 개똥철학을 가지고 와서. 하하하하!'

'얼마든지 비웃으셔도 좋습니다. 전 아버지가 생각하시는 그런 한심한 인간은 아니니까요.'

큰아들의 목소리가 들려온 순간, 박재영은 자신이야말로 정말 한심한 인간이라는 생각이 들었다.

"한철아……."

"네, 형님."

"그래. 네 말대로 포기하마. 아니, 모든 것을 다 내려놓으마. 우리 편하게 노후를 보내자. 내가 잠시 권력욕에 미쳐 정신을 못 차렸던 것 같다. 미안하다."

"형님……."

"미안하다. 정말 미안하다. 내가 소중한 것을 놓치고 살았던 것 같다. 이제라도 깨우쳐 주어서 정말 고맙다."

박재영이 화단에서 몸을 돌려 다가와 서한철을 와락 껴안았다.

서한철도 온몸으로 흐느끼는 박재영의 등을 토닥여주었다.

하지만 차마 말하지 못했다.

'형님, 이 기회를 놓치시면 기회는 덫이 됩니다…….'

◇ ◆ ◇

박재영은 치밀하게 움직이기 시작했다.

반성은커녕 할 수 있는 일은 해야만 했다.

이미 궁지에 몰린 쥐와 같은 처지인지라, 이 끔찍한 상황에서 벗어나기 위해서는 그 누구도 믿을 수가 없었다.

탈검찰을 시도하면서, 평생을 몸 바쳐 왔던 검찰조직도 이제는 적이 되었다.

살인자가 자신의 범행 현장을 다시 가서 살펴보듯, 박재영은 삼건의 인물을 만났다.

회장부터 시작해 핵심 간부들까지 이미 미치광이가 되었거나 자살로 생을 마감한 자들을 제외하고, 살아남은 상태로 수감 중에 있는 자를 찾았다.

정만식.

그나마 상태가 가장 괜찮은 것 같았지만, 그는 박재영과의 면회를 극도로 회피했다.

박재영의 이름을 듣는 순간, 서한철이란 존재가 연관검색어처럼 머릿속에 떠오른 그는 다시금 그 끔찍한 지옥에 빠져들까 겁이 난 것이었다.

신곡 지옥 마법은 이미 해제된 상태라는 사실도 모른 채말이다.

이 난국을 어떻게 풀어야 하나 해답을 찾지 못하고 있던 박재영에게 뜻밖의 인물이 연락해 왔다.

바로 장우식이었다.

최근 백학과 관련된 사건에 인수가 연관되어 있음을 알아채고 상황을 지켜보고 있던 그였다.

장우식은 백학메디컬의 최대 주주가 되었고, 할아버지인 장승철 회장의 영원한 삶을 위해 특별한 연구를 진행하는 중이었다. 이 연구가 성공하기만 한다면 자신은 아버지에 이어 백학의 많은 부분을 차지할 수가 있었기에, 그에게 반드시 필요한 인물이 있었다.

바로 현 정권의 실세인 박재영이었다.

장우식은 박재영을 등에 업고 가야 할 필요가 있다고 판단해 때를 기다렸다.

-귀하를 한국경영자협회 만찬에 초대합니다.-

백학의 실세인 아버지 장만용 사장이 노동조합장 문제를 제대로 처리하지 못해 사회의 지탄을 받고 있는 시기인 만큼 박재영과의 만남은 더욱 중요했다.

때마침 장승철 회장이 이끌어 왔던 한국경영자협회의 만찬이 열렸기에 자연스럽게 청와대 사람들을 초대할 수가 있었다.

◇　◆　◇

특수단.

이채영 차장검사가 초대장을 들고서 손가락으로 튕기다가 인수를 보았다.

"수석님이 목표라고?"

"네."

"장우식……."

"승냥이 같은 놈입니다. 정확하게는 소시오패스. 힘 있는 자에게는 꼼짝도 못하고 빌빌거리면서, 조금이라도 약해 보이고 힘없는 자 앞에서는 사나운 이빨을 드러내고 못 잡아먹어서 안달난 놈이죠. 뭐, 제멋대로 구는 건 당연한 거고요."

"어떻게 알아?"

"고등학교 재학 시절 잠시 같은 학교를 다녔습니다. 폭력 문제로 강제 전학을 당한 뒤로는 못 보았죠. 당시 제 은사 님께서는 놈들의 온갖 협박에도 굴하지 않고 강제 전학을 보내고 물러나셨죠."

"……그분?"

"네."

"그렇다면…… 지금 이놈은 감히 대한민국의 민정수석을 자기보다 약한 상대로 보고 있다는 거야?"

"네. 그만큼 뭔가 준비한 것이 있겠죠. 바보 같은 놈이기에 지금 자신이 준비한 것만 믿고 섣불리 이빨을 드러낼 것이고요."

"이놈도 참 재미있는 놈이네. 어째서 장 씨 일가는 다 이러냐?"

"집안 내력인가 보죠."

"알았어. 일단 준비 들어갈게."

"네, 감사합니다!'

인수가 단장에게 인사하고는 밖으로 나갔다.

장우식.

그 옛날 요트놀이를 가장해 어떻게 해보려던 어설픈 놈이었다.

하지만 세월이 지난 만큼 뭔가 준비하고 나온 것은 분명할 것이다.

그 부분을 확인해 볼 필요는 있었다.

◇ ◆ ◇

백학호텔 한국경영자협회 만찬회.

스카이라운지에서 열린 만찬회에 초대된 청와대 인물들은 제법 많았다.

칵테일 잔을 들고 발아래 펼쳐져 있는 대한민국을 내려다보고 있던 박재영의 곁으로 한 젊은 경영인이 다가왔다.

눈이 단춧구멍처럼 작은 남자는 척 보아도 장 씨 일가의 사람으로, 백학의 3세 장우식이었다.

"안녕하십니까, 민정수석님? 장우식입니다."

"네, 반갑습니다."

박재영은 장우식의 인사에 대충 대답했다. 장 씨 일가 사람들이라면 그다지 반갑지가 않았다. 장만용 사장의 노동 조합장 문제로 공권력을 투입했다가 혼쭐이 날 뻔했었다.

"실례가 되지 않으시면, 조용한 곳에서 드릴 말씀이 있습니다."

다른 재벌들은 기웃거리기만 할 뿐 감히 옆으로 다가오지도 못하고 있는데, 젊은 놈이 참 속이 없는 건지 뻔뻔한 건지 그다지 맘에 들지가 않았다.

생긴 것도 야비하게 생긴 것이 말 한마디도 섞고 싶지가 않았다.

"여기서 하시지요."

"그럴까요?"

장우식이 박재영과 나란히 서서 발아래 전망을 내려다보았다.

"대한민국 아름답죠?"

"……."

"이 아름다운 나라. 푸르고 푸르게 가꾸어 가지셔야죠."

박재영이 그냥 뒤돌아 가 버렸다.

그러자 뒤에서 장우식이 소리쳤다.

"박인수!"

박재영의 발걸음이 저절로 멈추었다. 뒤에서 장우식이 다가와 귀에 대고 속삭였다.

"제가 정리하겠습니다."

"뭔 소리야?"

"수석님과 인생파트너가 되기 위해 많은 것을 알아보았죠."

"……!"

"저 그 녀석에게 갚아 줘야 할 빚이 좀 있습니다. 하이스쿨. 같이 다녔거든요."

장우식이 씩 웃으며 박재영의 옆을 스쳐 지나갔다.

"스위트룸 아일랜드에서 기다리겠습니다. 카메라 모두 정지시켰습니다."

그 말을 끝으로 사람들 속으로 스며드는 장우식.

박재영은 우두커니 선 채 그런 그의 뒷모습을 바라만 볼 뿐이었다.

그러다가 다시 뒤돌아 전망대로 향해 발아래를 내려다보았다.

그렇게 시간이 얼마나 흘렀을까?

각 기업을 대표하는 재벌들이 하나둘 찾아와 박재영에게 인사를 건네고 돌아갔다.

그들의 인사말은 대부분이 똑같았다.

잘하고 계십니다. 정말, 대단하십니다. 대한민국은 박재영 수석님을 꼭 필요로 합니다. 후원회를 만들겠습니다. 적극 지지하겠습니다.

처음에는 무뚝뚝하게 악수했고, 예의상 인사를 받았지만 점점 진지해졌다.

돈 걱정은 전혀 하지 않아도 된다는 말이었다.

차기 대선에 나가면 당선이 확실하다는 말이었다.

걸리는 것이 있다면 단 하나.

'박인수. 갚아 줘야 할 빚이 좀 있습니다. 기다리겠습니다. 카메라 모두 정지시켰습니다.'

장우식의 목소리가 뇌리에서 생생하게 울려 퍼지는 순간, 박재영의 발이 움직였다.

최면에 걸린 사람처럼 장우식의 뒤를 따라가기 시작했다.

갚아 줘야 할 빚.

그 말에 박재영의 몸이 저절로 움직인 것이다. 일이 잘못되면 자신은 또 빠져나올 수가 있기에…….

◇ ◆ ◇

스위트룸 아일랜드.

박재영이 문을 두드렸다. 안에서 사람이 나오기까지 시간이 몹시 걸리는 것만 같았다.

그래서 자기도 모르게 주위를 둘러보기 시작했다.

천장을 살펴보고, 복도와 벽도 둘러보았다.

카메라를 정시시켰다고 했지만, 사방에 감시카메라가 숨겨져 있어서 자신을 몰래 촬영하고 있는 것만 같았다.

어쩌면 박재영은 지금 안타까운 마음으로 자신을 지켜보고 있는 인수를 감지했을지도 모를 일이었다.

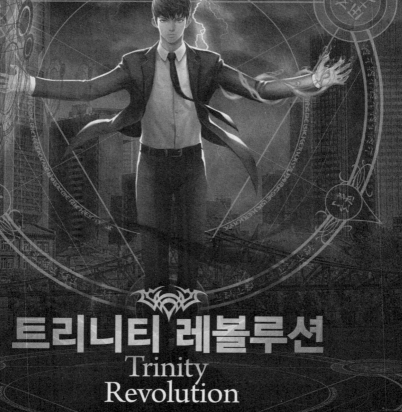

트리니티 레볼루션
Trinity
Revolution

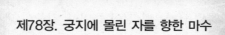

제78장. 궁지에 몰린 자를 향한 마수

문이 열렸다.

망설임 끝에 안으로 들어가려던 박재영이 문득 발걸음을 멈추었다.

전화기가 울린 것이다. 꺼내 보니 연실이었다.

〈연실〉

화면을 바라보며 잠시 망설이던 그는 전화를 받지 않고 꺼 버렸다.

"어서 오십쇼!"

장우식이 문 앞에 나타나 두 팔을 벌려 환영했다.

"빚이 뭐야?"

박재영이 안으로 들어가며 물었다.

그렇게 대뜸 물으며 탁자 위의 양주 3병과 담배를 확인했다. 공교롭게도 양주와 담배가 자신이 좋아하는 것이었다. 박재영은 담배부터 집어 들더니, 갈증이 난 사람처럼 꺼내어 물었다.

장우식이 불을 붙여 주었다. 담배 불을 붙이며 옆을 보던 박재영이 깜짝 놀랐다. 하마터면 담배를 떨어트릴 뻔했다.

2마리의 도베르만 때문이었다.

"뭐겠습니까? 저 많이 당했습니다. 저뿐만이 아니죠."

장우식이 시선을 돌리며 손가락을 튕겼다.

"나와. 인사드려야지."

"……?"

방 안에서 한 남자가 나왔다.

최영호.

"뭐 하자는 거야? 이 새끼는 또 뭐야?"

생각지도 못했던 불청객의 등장으로 인해 박재영은 몹시 불쾌했다. 용모가 단정하지 못한 것이 척 봐도 건달이었다.

영호가 무릎부터 꿇었다.

"수석님을 위해 제 한목숨 기꺼이 바치겠습니다."

"지금 무슨 헛소리를 지껄이고 있는 거야!"

중요한 시기에 이런 양아치들과 엮이면 끝장이었다. 박재영이 뒤돌아 뛰쳐나가려는 그때였다.

"손대기 싫은 똥과 그 똥을 치운 나뭇가지까지 모두 다

제가 처리하겠습니다! 거두어 주십시오!"

박재영이 다시 뒤돌아서서 영호의 정수리에 대고 삿대질을 하며 소리쳤다.

"이 새끼 이거 깡패야? 감히 어디서 수작질이야? 하, 이 새끼들이 나를 뭐로 보고! 진짜 어처구니가 없네."

장우식이 씩 웃으며 영호의 옆으로 다가왔다. 도베르만의 머리를 만지는 것처럼 영호의 머리를 쓰다듬어 주었다.

"실형을 받고 수감 중인 검찰들과 고위공직자 그리고 정치권 인사들을 통해 다 알아보았습니다. 아! 그리고 수석님의 오른팔 지 비서관까지."

"……?"

"다들 한목소리를 내더군요."

장우식이 3병의 양주병 중 가운데 병을 집어 들었다. 유리컵에 따라 입술을 적시며 뜸을 들였다.

"박. 인. 수."

"……."

"수석님께서 그 한 놈에게 놀아나고 있다고 하더군요. 맞습니까?"

"그 입 닥쳐! 놀아나긴 누가 놀아나!"

"왜 화를 내십니까? 지 비서관은 수석님께서 박인수를 반드시 제거한다는 조건으로 다 뒤집어썼다던데요?"

"뭐? 대가리에 피도 안 마른 새끼가 어디서 지금! 나랑 놀자는 거야?"

"진정하시고 들어 보세요."

장우식이 단춧구멍처럼 작고 못생긴 눈으로 손목시계를 보며 뜸을 들였다.

박재영이 어금니를 깨물었다.

여기에서 더 뜸을 들이면 자존심 때문에 뛰쳐나갈 인간 이라는 것을 장우식은 잘 알고 있었다.

"이 친구가 수석님의 가려운 등을 시원하게 긁어 줄 수 있습니다."

장우식은 타이밍이 정확했다고 판단했다. 담배에 첨가한 환각제가 효과를 발휘할 시간이었다. 그래서 자신의 말이 충분히 먹혀들었다고 생각했다.

하지만 박재영의 표정이 이상했다.

어이가 없어서 웃고 있는 것이었다.

"하아……."

한숨까지 저절로 쏟아져 나왔다.

또 이 말을 해야 하나?

박인수 그놈에게 섣불리 덤벼들었다가 다치는 건 바로 네놈들이라고.

박재영의 표정은 몹시 피곤해 보였다. 하지만 뒤돌아 나 가지는 않았다. 이 어설픈 놈들이 인수를 제거할 수는 없겠 지만, 반드시 처리해야 할 일이 있기 때문이었다.

그것은 바로 서한철과 윤희의 사체. 시작한다면 한꺼번에 처리해야만 했다.

"그래, 너."

영호가 기다렸다는 듯이 고개를 들어 올렸다.

"최영호입니다!"

"이름 물어보지 않았어. 박인수 그놈과 뭐 어떻게 엮였는지는 내 알 바 아니야. 네놈들 같은 더러운 깡패 새끼들은 도대체가 믿을 수가 없어."

최영호는 장우식에게 빌붙어 30여 명의 조직폭력배를 이끌다 보니, 하늘 높은 줄 모르고 다시 기세등등해진 상태였다.

게다가 차기 대권이 확실한 민정수석과 함께한다면 무서울 것이 하나도 없는 것이었다.

영호는 박재영이 믿을 수가 없다는 말에 지금이라도 당장 자신들의 계획을 보여 주고 싶었다.

그래서 장우식의 눈치를 살폈는데, 장우식이 고개를 설레설레 저었다.

"수석님. 이 친구에 대한 믿음은 앞으로 서서히 보여 드리도록 하겠습니다. 일단, 저희 회사에 방문해 주실 수 있으시겠습니까?"

"회사?"

"백학메디컬 말이지요."

"내가 거기를 왜 가나?"

"흠. 그러시다면 간단하게 설명드리겠습니다."

"됐어. 듣고 싶지 않아."

"할아버지."

"⋯⋯?"

"장승철 회장님께서는 이제 곧 영원한 삶을 얻으실 겁니다. 장기 복제 연구가 완성 단계에 왔거든요."

"말도 안 돼⋯⋯."

"뭐 믿지 못하시겠지요. 그래서 회사에 방문해 주시길 부탁드린 겁니다. 저와 함께 가시면 설명드릴 것이 많습니다."

박재영은 아찔했다. 말만 들어도 환상적이었다.

영원히 살 수가 있다니.

"일단 오늘 우리의 만남은 여기까지. 수석님께서 제가 마음에 드시면 또 보면 되는 것이고요. 뭐 제가 마음에 드는 구석이 없으시면 더 이상 안 보셔도 됩니다."

박재영이 장우식을 향해 비웃음을 날렸다.

자신의 발 앞에서 굽실거리는 재벌들만 보다가 철없는 재벌 3세를 보니, 안타깝기도 하고 귀엽기도 했기 때문이었다.

"다시는 볼 일 없을 거야."

박재영이 말하고는 뒤돌아 밖으로 나갔다.

영호가 무슨 말이라도 하려고 하자, 장우식이 눈치를 주며 말렸다.

마수를 뻗는 것, 오늘은 여기까지라고.

◇ ◆ ◇

다음 날.

박재영은 아무리 생각해도 어제의 그 담배에 문제가 있다고 판단했다. 그래서 믿을 만한 후배의 병원을 찾아가 소변검사와 혈액검사를 시도했다.

"우연히 누가 건네준 담배를 피웠는데 말이야. 뭔가가 찜찜해."

"무슨 말씀이십니까?"

"자네 진짜 입조심해야 돼? 알겠어?"

"알겠습니다."

"담배를 피우고부터 일순간 술에 취한 것처럼 내 의지력이 바닥에 떨어졌던 거 같아. 자세한 사정은 말하기가 어려워. 비밀 철저히 유지해 주고, 혹시나 향정신성의약품 양성 반응이 나와도 자네는 날 믿어야 해."

"담배 끊으셨잖아요? 오랜만에 피우셔서 나타난 반응일 수도 있어요. 감히 어떤 미치광이들이 수석님을 상대로 그런 짓을 하겠어요?"

"그래도 확인해 볼 필요가 있을 거 같아."

"뭐 검사야 간단하죠. 하지만 진짜 양성반응이 나오면 문제가 큽니다."

"그러니까 자넬 찾아온 거잖아."

"알겠습니다."

검사 결과 아무런 반응도 나타나지가 않았다. 하지만 후배의사가 고개를 갸우뚱거렸다.

"수석님 뇌내 모르핀 수치가 너무 높은데요?"

"그게 뭐야?"

"마약과 똑같은 화학식을 이루고 있지만, 단 하나가 달라서 중독되지 않는, 즉 사람이 스스로 만들어 내는 엔돌핀과도 같은 거죠."

"그런 게 있었어?"

"네. 소변과 혈액에서 해당 수치가 높게 나왔습니다만, 크게 걱정하지 않으셔도 될 것 같아요."

"흠."

"뭐 요즘 온 국민의 사랑을 듬뿍 받으시니 뇌내 모르핀도 쭉쭉 나오시나 봅니다. 아무런 이상 없습니다. 무병장수 하시겠습니다."

"그래. 고맙네."

그 뒤로 박재영은 은근히 장우식의 전화를 기다렸는데, 뜻하지 않게 유강으로 장우식이 찾아왔다.

"여기는 어떻게 알고 찾아온 거야? 다시는 볼 일 없다고 말했을 텐데? 내 말이 말 같지 않아?"

"에이, 수석님. 너무 그러지 마십쇼. 수석님 보고 싶어서 일부러 찾아온 사람인데."

박재영이 비웃음과 함께 자장면 그릇을 집어 들었다.

장우식의 옆으로 와서 머리에 자장면을 쏟았다.

"킥!"

시커먼 자장면이 얼굴로 흘러내리자, 장우식이 웃었다.

그때 한 기자가 불쑥 들어와 사진을 찍어댔다.

"뭐 하는 겁니까?"

"잘 실어 드리겠습니다!"

기자가 박재영에게 넙죽 인사를 하고는 밖으로 도망쳤다. 민정수석을 취재하며 따라다니던 기자는 백학의 3세가 식당 안으로 들어가니 모종의 거래를 의심하고는 들어왔다.

한데, 자장면을 머리 위에 쏟아부어 버리자 자기도 모르게 사진을 찍어 댄 것이었다.

그야말로 특종이었다.

박재영은 일부러 그 기자를 보내 주었다. 자신에게 해로울 것이 하나도 없기 때문이었다.

한데, 기사가 뜨질 않았다.

다음날, 그 다음날이 되도록 조용했다.

〈민정수석. 치근거리는 재벌 3세의 머리에 자장면 세례〉

이런 머리글로 시작되는 기사와 함께 사진을 기다렸지만, 인터넷과 각종 신문을 눈을 씻고 찾아보아도 없었다.

"먹었군."

박재영은 잘 올려 주겠다며 줄행랑을 치던 기자의 얼굴이 떠오르지가 않았다.

다음날, 장우식이 전화를 걸어왔다.

모르는 번호라 받지 않으려고 했으나, 진동이 울리는 것이 마치 '나 장우식이오.' 라고 말하는 것만 같았다.

"뭐야."

[와, 어떻게 저인 줄 아셨습니까?]

"이 어린놈의 새끼야. 너 말이야. 네 아버지와 할아버지까지 함께 탈탈 털어 줄까?"

[에이, 수석님. 지금 수석님 말에 복종할 검찰이 없는 거 같은데요?]

"뭐 이 자식아?"

[이게 다 박인수 그놈 때문인 거 아닙니까? 저 수석님 도와 드릴 수 있습니다. 푸르고 푸르게.]

박재영은 코웃음을 치며 전화를 꺼 버렸다.

하지만 한편으로는 어설픈 놈이라고 해도 머릿속에서 그리고 있는 큰 그림을 한 번쯤은 보고 싶긴 했다.

그러던 어느 날, 백학메디컬에서 주최하는 생명윤리 세미나에 초대되었다.

그곳에서 초대된 모든 귀빈들이 그러했듯, 박재영 역시 영원한 삶에 대한 환상을 품었다.

유전자 게놈 프로젝트에서 해결하지 못한 신의 영역 10%에 발을 내딛는 포스트 게놈 프로젝트와 장기 복제 이식에 대한 연구의 완성은 앞으로 1년 뒤, 2015년 겨울을 목표로 하고 있었다.

인류의 영원한 숙제인 질병을 정복하고 수명을 연장시키는 일이 백학메디컬에 의해 해답을 찾게 된 것이었다.

◇ ◆ ◇

백학호텔 스위트룸 아일랜드.

박재영과 장우식이 또다시 만났다.

이번에는 영호도 함께했다.

역시나 2마리의 도베르만과 탁자 위 양주 3병 그리고 담배가 있었다.

양주와 담배에는 뇌내 모르핀을 활성화시키는 성분이 첨가되어 있었다.

소변검사와 혈액검사에서 향정신성의약품 양성반응이 나타나지 않는 것으로 말이다.

그러니 나는 새도 떨어뜨린다는 대한민국의 민정수석을 상대로 거리낌 없이 사용할 수 있었던 것이다.

뇌내 모르핀이 몸속에서 자연스럽게 분비되면 인체의 면역력을 높여 주고 피로를 풀어 주지만, 담배와 술을 통해 외부에서 유입되면 말 그대로 마약이 되는 것이었다.

평소에 억누르고 있었던 욕망을 수면 위로 끌어올리고 버티고 있었던 의지력을 바닥까지 떨어뜨리니 판단력을 잃을 수밖에 없었다.

박재영이 담배를 입에 물기 전에 요리조리 살피자, 장우식은 표정 관리에 들어갔다.

박재영은 담배를 피워 물었다. 양성반응이 나타나지 않았지만, 다시 한 번 확인할 필요가 있다고 판단했다.

그렇게 피우던 담배가 꽁초가 되었을 때였다.

박재영이 영호를 지그시 노려보았다.

깡패 따위 처음에는 눈에 보이지도 않았었다. 하지만 담배를 피운 후부터는 저 깡패가 필요했다.

하지만 아무리 보아도 믿음이 가지 않았다.

박재영이 피우던 담배를 비벼 끄며 장우식에게 눈짓으로 지시했다.

영호를 밖으로 내보내라는 뜻이었다.

"수석님. 제 오른팔과 같은 존재입니다. 믿으셔도 됩니다."

"아니."

박재영이 영호를 향해 밖으로 나가라며 손을 휘 저었다.

그러자 장우식이 영호에게 눈짓했다.

이제는 보여 줄 때가 되었다고 말하는 것이었다.

"수석님! 받으십시오!"

영호가 즉시 자신의 무릎 앞에 3개의 리모컨을 펼치더니, 그중 한 개를 두 손을 받들어 박재영에게 건넸다.

"뭐 하자는 거야?"

장우식이 씩 웃으며 빨간색 캡슐을 양주병에 넣었다.

그러고는 박재영이 들고 있던 리모컨을 빼앗아 버튼을 눌렀다.

푸슉.

빨간색 캡슐이 양주병 안에서 터졌다. 순간, 양주가 젤리로 변해 버렸다.

박재영은 깜짝 놀랐다. 장우식이 씩 웃었다.

"이렇게 어떤 액체도 순식간에 고체로 변화시키지요. 몸속에서 돌아야 할 혈액이 고체가 되면 더 이상 돌지가 않을 것이고 그렇게 되면 어떻게 될까요?"

장우식이 2마리의 도베르만 중 한 마리의 짖음 방지기를 풀더니 입 안에 빨간색 캡슐을 던져 넣어 주었다.

리모컨을 들어 버튼을 누르자, 푸슉 하는 소리와 함께 캡슐이 도베르만의 입 안에서 터졌다.

"딱 5초입니다."

장우식이 말하며 손목의 시계를 보았다.

정확하게 5초 후, 고통으로 몸부림치며 울부짖던 도베르만의 몸이 축 늘어졌다.

혈액을 포함해 몸 안에 있는 수분이란 수분은 모두 다 젤리처럼 변해 혈액순환이 이루어지지 않기 때문이었다.

하지만 장우식이 곧바로 파란색 캡슐을 도베르만의 입에 넣은 뒤 터트려 주었다.

그러자 신기하게도 시체처럼 늘어졌던 도베르만이 되살아났다.

고체로 변했던 혈액이 다시 정상적으로 바뀌어 혈액순환이 이루어진 것이었다.

"5초. 5초가 중요합니다. 5초에 생과 사를 오가는 것이지요. 물론 그 증거는 남지 않습니다. 비밀리에 개발했거든요."

박재영은 깜짝 놀라 두 눈이 휘둥그레졌다.

그때 영호가 몸을 일으켜 자신의 입 안에서 어금니를 빼내 보여 주었다.

어금니에 구멍이 있었고, 빨간색 캡슐이 쏙 들어가 박혔다.

영호가 그 어금니를 다시 제자리에 끼워 넣었다.

그러면서 세 번째 리모컨을 박재영에게 건넸다.

"지금 누르셔도 됩니다!"

"이런 미친!"

박재영이 리모컨을 바닥에 내던지려다가, 슬며시 내려두었다. 빨간색 캡슐이 터져 영호라는 놈이 도베르만처럼 죽어 버릴까 봐 두려운 것이었다.

"쓰다가 언제든 버리고자 하실 때 누르시면 됩니다!"

박재영의 시선이 다시 리모컨으로 향했다.

이놈이라면 적임자였다.

서한철의 집 앞마당 화단을 파헤쳐 윤희의 시신을 빼돌린 뒤, 서한철과 함께 제거해 버려야만 완전범죄였다.

만약에 일이 잘못돼 용의선상에 올랐다 하더라도, 이 리모컨을 눌러 버리면 상황은 끝나는 것이었다.

증거가 남지 않는다?

정말일까?

생각이 여기에까지 미치자, 온몸에 소름이 돋아났다.

내가 어떻게 하다가 여기까지 오게 된 것일까?

이 물건은 어떻게 만들어졌을까? 극비리에 만들어졌다면 알고 있는 놈은 어떤 놈들일까?

백학메디컬의 직원들?

이건 절대로 쉽지가 않은 일이다. 인수가 쉽게 밝혀낼 것이다.

아니, 굳이 인수가 나서지 않아도 경찰이 수사만 진행해도 빤히 드러나고야 말 것이었다.

절대로 안전할 수가 없었다.

그럼에도 불구하고 이 깡패 새끼를 통해 서한철과 윤희를 제거하고 싶은 이 강렬한 욕망은 무엇일까?

대통령.

이 나라의 대통령.

박재영의 얼굴이 뒤틀리며 안면근육이 마비되기 시작했다. 그 얼굴은 흉악하게 일그러졌다.

악마와도 같은 웃음이 얼굴 전체에 번졌다.

환각제의 효과가 제대로 발휘되기 시작했다.

박인수.

이놈을 먼저 제거해야 한다.

이제는 생각이 완전히 뒤바뀌었다. 박인수만 이 세상에서 사라진다면 자신의 앞을 가로막을 수 있는 자는 아무도 없었다.

저 캡슐을 박인수의 입 안에 던져 넣고는 리모컨을 눌러 터트리고 싶어졌다.

그때였다.

장우식이 타이밍을 노리고 치고 들어왔다.

"오래 전에 인수를 혼내 주려고 계획을 짰던 적이 있었죠. 요트놀이를 가장해 부산 바다로 유인해 반병신을 만들 계획이었는데……."

"그랬는데?"

"아 글쎄 난데없이 요트가 터져서 우리 애들이 다 다친 거 아닙니까? 그게 과연 우연일까요? 제 요트가 하필 그때 터진 게 단순한 사고일까요? 그때부터 고민해 왔죠. 어떻게 하면 뒤탈 없이 인수 그놈을 반병신으로 만들 수 있을까 하고 말이죠."

"쉽지 않은 일이야……."

"지금 박인수의 집 앞에 실력 있는 아이들로 30명 깔아 두었습니다. 퓩! 어떠십니까?"

"뭐?"

장우식이 박재영을 바라보며 양어깨를 으쓱거렸다.

그러자 박재영이 심각했던 표정을 바꾸고는 씩 웃으며 말했다.

"어디서 감히 나를 상대로 수작을 부리는 거야? 다들 콩밥 먹여 줄까?"

영호가 다시 무릎을 꿇었다.

"난 여기에서 나갈 것이고, 내가 나간 뒤에는 경찰들이 들이닥칠 거야. 미친놈들 같으니라고."

박재영이 말을 끝내고는 뒤돌아섰다.

그러자 장우식이 전화기를 들어 명령을 내렸다.

"철수해."

순간, 박재영의 심장이 벌렁거리기 시작했다.

경찰 병력 300명도 인수 한 명을 제압하지 못했다.

이건 아니었다.

이 애송이들은 모른다. 인수의 무서움을 몰라도 너무 모른 채 덤벼들고 있는 것이었다.

하지만 자신과는 아무런 상관도 없는 일이었다.

혹시나 이놈들이 박인수를 붙잡아 저 독극물로 제거하면 앓던 이가 쏙 빠지는 것이었다.

만약 잘못된다고 해도, 두 미치광이가 저지른 일이었다. 자신은 충분히 빠져나갈 수가 있었다.

이런 생각에 빠져 밖으로 나가려 하는 그때.

"독수린 줄 알았더니, 참새 새끼였네."

비아냥거리는 장우식의 말이 귓가에 들려왔다.

박재영이 두 주먹을 불끈 쥐고는 돌아섰다.

그대로 달려가 장우식의 안면을 후려치기 시작했다. 얻어맞는 와중에도 장우식은 낄낄거리며 웃었다.

"그래! 바로 이거야!"

"이 미친 또라이 같은 새끼들!"

몇 번의 주먹질 끝에 체력이 다한 박재영은 더 이상 주먹을 휘두르지 못하고 무릎을 꿇고 말았다.

"어? 힘 빠진 거요? 이런…… 그러니까 영감님은 그냥 가만히 지켜보기만 하쇼. 우리가 다 알아서 할 테니까."

"이 멍청한 놈아!"

박재영이 혼신의 힘을 다해 소리쳤다.

"넌 몰라! 그놈이 얼마나 무서운 놈인지 넌 지금 아무것도 모르고 있다고!"

"저도 알 만큼 압니다. 그래서 철저하게 준비했고요. 뭐 언제든 원하신다면 쥐도 새도 모르게 잡아서 대령할 테니까 분부만 내리십쇼."

"이 병신 같은 놈들!"

"어허…… 왜 이렇게 약하실까?"

"아직은…… 아니야. 내 말 들어."

박재영이 겨우 말했다.

그러자 장우식도 어쩔 수 없다는 듯 양쪽 어깨를 으쓱거렸다.

박재영에게 양주를 따라 건네주었다. 박재영은 자기도 모르게 그 잔을 받아 벌컥 들이켰다.

"뭐 캡슐 좀 터트렸다고 폭발물 취급 관련 법률 위반혐의로 잡아넣으시지는 않으실 거죠? 그래 봐야 우리 호텔에서 호기심에 의한 장난으로 경범죄나 맞으려나."

"이 멍청한 놈! 캡슐이 문제가 아니라 독극물 살인계획 형량이 얼마나 큰 줄 알기나 해?"

"아, 그렇습니까? 아이쿠!"

장우식이 영호에게 눈짓으로 사인을 보냈다.

마수가 잘 뻗쳐져 안정적으로 자리 잡은 것 같다고 말하는 것이었다.

그렇지 않았으면 당장 경찰특공대를 출동시켰을 테니까.

약 좋은데?

영호에게 눈짓으로 말하며 박재영에게 다가간 장우식이 그의 양복 앞주머니에 담배를 넣어 주었다.

◇ ◆ ◇

박재영은 후배의 병원을 다시 찾으려다가 꾹 참았다.

이번에는 검사가 아닌 한 가지 확인을 위해서였는데, 나중에 문제가 생길 것 같아 여지를 남기지 말아야 했다.

하지만 자신이 궁금해하는 부분에 대한 명확한 해답을 스스로 찾기는 어려웠다.

국과수에 전화해서 검출되지 않은 독극물에 대한 자료를 넘겨받으려다가 정신이 번쩍 들었다.

위험했다.

만약 박인수가 그렇게 살해당했을 시, 검출되지 않는 독극물에 대한 자료를 민정수석실에서 받아 보았다는 말이 새어 나가면 큰일이었다.

박재영은 참고 또 참았지만, 도저히 참을 수가 없었다.

그렇게 뒤가 마려운 개처럼 발만 동동 구르고 있는 그때 어처구니가 없는 사건이 하나 발생했다.

길고양이 10여 마리가 한 건물 지하실에서 죽은 채로 발견되었는데, 그 이유를 밝혀내지 못한다는 것이었다. 독극물에 의해 죽은 것은 확실하다.

하지만 어떤 독극물인지는 검출이 불가능하다.

"……!"

기회는 이때다 싶었다. 박재영은 그 기사를 들고는 국과수를 찾아가고야 말았다.

"길고양이들이 너무 불쌍하군. 도대체 어떤 놈이 이런 짓을 한 거야?"

"정말 별 사이코를 다 보았습니다. 도대체 어떤 사이코가 이런 짓을……."

"검출이 안 되는 독극물이 세상에 존재하나?"

"그럼요. 탁신이 그런 것입니다."

"탁신이 뭐야?"

"알칼로이드의 하나인데, 구조식이 명확하지 않아 뭐라 설명드리기가 어렵습니다."

"몸에서 녹아 없어져서 그런 건가?"

"그건 아닙니다. 혈액화학식에서 반응이 나타나지 않다 보니 규명할 수가 없는 것입니다."

"그렇군."

"근데 수석님 정말 존경스럽습니다."

"응? 뭐가?"

"신경 쓰실 일도 많고 바쁘실 텐데, 별것 아니라 할 수 있는 사회문제에 대해 신경 쓰시는 부분 제가 다 감사드립니다. 고양이들이 뭔 죄라고……."

"신경 써야 하는 부분이지. 자네 말대로 고양이들이 뭔 죄라고 말이야. 일단 수사 진행 방향을 살펴봐야겠어. 이건 심각한 사회문제야."

"이런 사건은 CCTV 말고는 용의자를 특정하기 어려울 것 같습니다."

"치밀한 놈이면 감시망도 다 피해 갔을 텐데……."

박재영은 국과수 직원의 눈치를 살피며 말했다. 그러자 매우 반가운 소리가 직원의 입에서 흘러나왔다.

"그러면 방법이 없습니다. 도대체 어떤 독극물을 어떤 방식으로 주입한 건지도 알 수가 없으니……."

"정말 어려운 문제군. 카메라에 잡혔기를 바라야지."

박재영이 말하며 뒤돌아섰다.

건물을 빠져나와 차에 오르며 장우식에게 전화를 걸었다.

"야 이 새끼야!"

박재영은 장우식이 전화를 받자마자 대뜸 욕부터 내던졌다.

"너 지금 뭐 하는 짓이야? 이거 진짜 사이코패스 아니야?"

[아이고, 수석님. 왜 그러시는지요? 도대체 왜 전화를 하

시자마자 욕부터 내던지시고…… 사이코패스요?

"그래! 너 이놈의 새끼! 너 사이코패스야?"

[아니, 도대체 영문이나 알고 욕을 먹어야겠습니다. 왜 그러십니까?]

"이 새끼가! 네놈 짓이잖아?"

[뭐가 말입니까?]

"길고양이!"

[길고양이요?]

"됐어! 너 거기 어디야?"

[회사입니다만?]

"당장 유강으로 튀어 와!"

[또 머리에 자장면 부으시려고요?]

"너 지금 나랑 놀자는 거야?"

[알겠습니다. 지금 당장 달려가겠습니다.]

박재영은 전화를 끊은 다음에도 계속해서 욕을 내뱉었다.

이런 미친 사이코와 지금 내가 뭘 하고 있는 걸까?

잘못되었다는 것을 알면서도, 난 여기서 무엇을 더 확인하려는 걸까?

박재영은 도대체 알 수가 없었다.

제79장. 귀환의 비밀

트리니티 레볼루션
Trinity
Revolution

제79장. 귀환의 비밀

백학메디컬 제3연구실.

실장 민경욱 박사는 논문 사기와 포스트 게놈 프로젝트 허위 발표에 이어 장기 복제 이식 연구 성과를 모두 조작했다.

세미나에 초대된 수많은 귀빈들에게 그릇된 환상을 심어 준 것이었다.

거짓은 거짓을 낳고 그 거짓은 또 다른 거짓으로 발전해, 이제는 수습할 수조차 없는 지경에까지 이르렀다.

장우식에게 인정받기 위해 시작한 작은 거짓말이 눈처럼 커져 감당할 수 없는 상태가 되었다. 그것도 모자라 장우식의 강요에 의해 검출이 불가능한 독극물까지 만들었다.

길고양이가 떼죽음을 당한 것은 바로 그 독극물 때문이었다.

하루하루가 지옥이었다.

장승철 회장은 2015년 겨울이 되면 장기 복제 이식을 통해 아픈 곳이 없어지고 건강한 몸으로 생명을 연장할 수 있다는 희망에 부풀어 있었다.

하지만 지금까지 그가 해 온 연구의 과정과 도출된 성과는 모든 것이 다 거짓말이었다.

젊고 건강한 삶은커녕, 장승철 회장은 숨만 이어지는 상태로 병원 침대에서 벗어나지 못할 것이었다.

민경욱 박사는 말 그대로 죽고 싶은 심정뿐이었다.

인제 와서 모든 것을 사실대로 밝히기에는 너무 늦었다.

속여서 죄송하다는 유서를 쓰고 생을 마감하는 것만이 모두에게 사죄하고 용서를 구하는 길이었다.

그래서 자신이 만들어 낸 독극물을 입 안에 털어 넣고 생을 마감할 계획이었다.

하지만 용기가 나지 않았다. 이렇게 죽을 결심으로 다시 한 번 더 연구에 도전해 그 누구도 가 보지 못한 신의 영역에 발을 내딛고 싶다는 욕구가 치솟아 올랐다.

세포분열이 더 이상 이루어지지 않는 복제된 장기를 현미경으로 바라보고 있노라면 마치 '넌 여기까지다. 더 이상은 오르면 안 된다.' 라는 신의 음성이 들리는 것만 같았다.

민경욱 박사는 자신을 가로막는 신의 음성을 거역해서라도 반드시 그 꿈을 이루고 싶어졌다.

여기서부터 자살을 포기한 민경욱 박사가 사기꾼을 넘어 이제는 괴물로 둔갑하는 시간이었다.

실험실에 들어와 조용히 민경욱 박사를 지켜보고 있던 인수는 서클을 회전시켰다.

화이트존이 생성되어, 민경욱 박사를 집어삼켰다.

우우우웅.

화이트존 안의 시간이 직선에서 원으로 연결되었다.

인수는 시간을 앞으로 돌려 미래를 찾아보았다.

20일 간의 사육.

그 사육 장소에 인수 자신이 있었다.

민경욱 박사의 손에 의해 장기가 잘려 나갔고, 뇌수술이 이루어졌다.

우우우웅.

인수는 시간을 계속 앞으로 돌렸다.

서클이 임계점을 돌파해 무서운 속도로 회전했다.

우우우웅!

심장이 터져 버릴 것만 같았다. 하지만 확인해야만 했다.

그때 신기한 현상이 일어났다.

민경욱 박사를 감싸고 있었던 화이트존이 스스로 이탈해 인수를 집어삼켰다.

그와 동시에 차갑게 식어 버린 아내 세영과 민아를 품에 안고 서서히 죽어 가는 자신의 장면이 포착되었다.

세영이 차려 놓은 마지막 밥상과 편지.

우리 다음 생에서도 꼭 다시 만나 행복하자. 약속.

아내와 딸을 품에 안고 오열하는 자신의 모습.

화이트존을 통해 이 장면을 지켜보고 있는 인수의 입에서 그 비참함을 이겨 내지 못한 신음 소리가 저절로 쏟아져 나오고 있었다.

이제 서클은 걷잡을 수 없는 속도로 폭주하기 시작했고, 인수도 이성을 잃어 갈 판이었다.

쿠과가가강!

폭주하는 서클이 제멋대로 날뛰는 내공과 부딪치며 심장을 터트릴 지경에까지 이르렀다.

인수는 마지막 힘을 쥐어짜 손을 뻗었다. 서서히 죽어 가는 자신의 머리를 만진 순간이었다.

"……!"

화이트존이 블랙홀처럼 변해 모든 것을 빨아들였다.

우주에서 포탈이 열려 순간이동이라도 하는 것처럼 인수도 그 화이트존으로 빨려 들어갔다.

그 순간, 위소와 바수라 그리고 인수까지 3번에 걸친 모든 삶이 주마등처럼 순차적으로 지나갔다.

그렇게 시공을 초월해 도착한 곳은 바로, 귀환이 이루어진

2003년 7월.

자신의 방이었다.

우우우웅.

서클도 안정되었고, 화이트존도 안정된 상태였다.

고1 인수의 몸에서 위소부터 두 눈을 뜨고 있었다.

인수가 풀지 못했던 귀환의 비밀이 풀리는 순간이었
다.

인수는 엄마를 다시 만나 껴안는 고1의 자신을 지켜보다
가 서클을 멈추고 화이트존을 거두었다.

그렇게 이제는 민경욱 박사를 우두커니 지켜보았다.

민경욱 박사도 뭔가 이상한 낌새를 알아차렸다. 외부인
은 출입할 수 없는 연구실 안으로 누군가가 들어와 있었다.

"그만두세요."

민경욱 박사는 깜짝 놀라 하마터면 독극물을 입 안에 떨
어뜨릴 뻔했다.

"누구십니까? 여긴 어떻게?"

"대검찰청 부패범죄특별수사단 박인수 검사입니다."

"검사……."

"가족들을 생각하셔야죠. 죽음이 모든 것을 해결해 줄 수
는 없습니다."

"당신이 뭘 안다고!"

"다 알고 있습니다."

"어떻게! 도대체 뭘 어떻게 안다는 거야? 그리고 여기는 어떻게 들어왔어?"

인수는 민경욱 박사의 두 눈을 지그시 바라보았다. 그렇게 한참을 바라보던 인수가 거짓말을 하는 아이를 타이르듯 말했다.

"뉴턴지의 논문, 포스트 게놈 프로젝트, 장기 복제 이식 연구의 성과 모두 다 날조된 것이라는 사실. 물론 누구보다 간절했겠죠. 반드시 이 연구를 성공시키고 싶었겠죠. 그래서 계속 연구 지원을 받기 위해 부풀리고, 또 부풀린 거짓말로 인해 이제는 돌이킬 수가 없을 지경이 되어 벼랑 끝으로 내몰렸고요. 그로 인한 심적 부담으로 인해 지금 자살을 택한 것까지 모두 다 알고 있습니다."

"크으으……!"

"지금이라도 늦지 않았습니다. 다른 건 다 포기해도 박사님의 인생만큼은 절대로 포기하지 마세요."

"끝났어! 다 끝났다고! 이 모든 것이 밝혀지면 난 더 이상 연구를 할 수가 없다고! 연구를 못 하는 인생 더 살아서 뭐해!"

민경욱 박사는 오열하기 시작했다. 인수는 꼴사나웠지만, 그가 진심으로 잘못을 깨우치고 이제라도 올바른 삶을 살아갈 수가 있도록 갱생의 기회를 주어야만 했기에 기다렸다.

"박사님."

"네, 검사님."

"여기에서 멈추세요. 여기서 멈추지 못하면 박사님은 악마가 됩니다."

"악마?"

민 박사가 고개를 저었다. 스스로도 그렇게까지는 되지 않을 것이라는 다짐이었다.

"지금으로부터 가까운 시기에 박사님께서는 불법장기매매로 이루어진 장기까지 실험에 사용하게 될 것입니다."

"무슨 소리야! 도대체 날 뭐로 보는 거야? 내가 아무리 양심을 팔아먹은 인간이라지만 그런 짓까지는 하지 않아! 난 단지! 모든 사람이 질병을 해결하고 건강하고 영원한 삶을 영위할 수 있도록! 그런 선구자가 되고 싶었을 뿐이야! 난 정말 간절해! 반드시 해낼 수 있을 것 같다고!"

민 박사가 말을 하다가 흐느끼기 시작했다.

"언젠가는 이루어지겠죠. 하지만 박사님은 아닙니다. 인정하셔야 됩니다."

"인정 못 해! 다시 시작할 수 있어! 마지막! 마지막으로 딱 한 번만 더 기회를 줘!"

"그 마지막이 또 마지막이 되고, 연구 지원이 끊길까 봐 시작된 거짓말이 눈덩이처럼 부풀려져서 지금의 걷잡을 수 없는 사태까지 온 거 아닙니까?"

"크으으윽!"

"곧 뉴턴지에서도 박사님의 논문이 사기라는 사실을 밝혀낼 것입니다. 그것을 시작으로 지금까지 진행해 왔던 박사님의 모든 연구가 모두 조작된 것이라는 사실도 만천하에 밝혀질 것이고요."

"안 돼……."

"도의적인 책임은 물론, 법적인 책임에서도 벗어날 수가 없습니다."

민 박사는 두 다리의 힘이 풀려 털썩 주저앉고 말았다.

인수가 그 앞에 몸을 낮추고는 눈높이를 맞추었다.

"박사님."

"네……."

"진짜 용기를 내야 할 시간입니다."

인수가 민 박사의 양쪽 어깨를 꼭 붙잡아 일으켜 세워 주었다.

민 박사가 힘없이 일어서며 고개를 끄덕였다.

"제가 뭘 하면 되겠습니까? 알려 주십시오. 검사님."

◇ ◆ ◇

인수의 집.

일주천이 자유로워진 인수는 새로운 시도를 시작했다.

그 시도는 대자연의 마나를 흡수하는 것을 넘어 인간이 가진 기운까지도 흡수가 가능한지를 확인하는 것이었다.

단전의 내공을 빈 상자처럼 비우는 것이 그 첫걸음이었다.

그 첫걸음부터 시작해 끝까지의 모든 과정은 역행하는 것이 아닌 자연의 이치에 따르는 것처럼 순리로워야 했다.

단전의 내공을 비워 두면 공기가 고기압에서 저기압으로 흐르는 것처럼, 화이트존 안에 들어온 사람의 기운이 저절로 흘러들어 와야 했다.

중요한 것은 단전의 내공을 비우는 것이었지만, 이것은 곧 지우는 것과는 완전히 달랐다.

일주천을 통한 혈맥 곳곳에 내기를 뿌려 두는 것이었다. 이 과정이 바로 화이트존을 통해 흡수한 타인의 내공이 들어왔을 때, 단전의 내공이 비워지는 것과 동시에 모두 온몸으로 퍼져 혈맥 곳곳에 보관되는 것이었다.

◇ ◆ ◇

밖으로 나간 인수는 일부러 밤거리를 걸었다.

영호의 똘마니들 다섯이 인수를 대수롭지 않게 여긴 듯 보란 듯이 미행을 시작했다.

"참 나."

어떻게 어설퍼도 저렇게까지 어설플 수가 있을까.

인수는 참으로 한심했다.

그저 앞만 보고 걷던 인수가 서클을 회전시켰다.

우우우웅.

화이트존이 퍼져 나가 다섯 놈을 가두었다.

놈들은 자신들이 그물에 걸린 물고기 신세라는 사실도 모른 채 계속해서 인수의 뒤를 밟고 있었다.

"먼저 한 놈."

인수는 단전의 내공을 완전히 비운 상태로 화이트존을 통해 놈이 가진 기운을 끌어왔다. 생명 작용을 위해 존재하는 그 기초적인 기운이 물이 흐르듯 텅 빈 단전으로 흘러들어 왔다.

인수는 그 작은 기운이라도 놓치지 않고 감지해 냈다.

감지되는 즉시 일주천을 통해 혈맥 곳곳으로 흘려보냈다.

풀썩.

뒤따라오던 한 놈이 기운이 모조리 빠진 탓에 다리가 풀려 꺾이더니 앞으로 고꾸라졌다.

"뭐야? 왜 그래?"

"몰라요…… 갑자기 힘이 쭉 빠져 버리네…… 왜 이러지?"

"일어서! 놈이 눈치 깔라!"

놈들은 인수가 들을까 봐 서로 숨을 죽이며 말하고 있었다.

인수의 발걸음이 빨라졌다.

그러자 놈들은 자빠진 놈을 방치한 상태로 재빨리 따라붙어 왔다.

미행을 놓치면 뭐 큰일이라도 일어날 것처럼 여기는 것이 참으로 한심해 보였다.

"한꺼번에 해 볼까."

인수는 이제 4명을 상대로 시도해 보았다.

풀썩, 풀썩, 풀썩, 풀썩.

4명이 동시에 앞으로 고꾸라지고 있었다.

"아 힘 빠져."

"왜 이러지?"

"아 허기져."

"갑자기 맥이 쭉 빠지네. 왜 이러는 거야?"

인수의 뒤를 따라오던 4명은 길거리에 주저앉아 일어서지를 못한 채로 원인을 몰라 서로 한마디씩 내뱉고만 있을 뿐이었다.

편의점.

인수는 바나나 우유를 사 들고 나와 빨대를 꽂았다.

봉지에는 5개의 바나나 우유가 담겨 있었다.

쭉쭉 빨며 걸어가는데, 5명의 장정들이 보도에 주저앉아 일어서지를 못하고 있었다.

"왜들 그러십니까? 어디 아프세요?"

인수가 그들 앞에 서서 바나나 우유를 쭉쭉 빨며 물었다.

"아…… 저기…… 죽겠습니다."

"네?"

"힘이 갑자기 빠지고 어지럽고…… 현기증이……."

"아이고. 다들 멀쩡해 보이시는 분들이 왜 이러실까요?"

쭉쭉.

"모르겠습니다……."

"저기…… 저기요……."

영호의 똘마니들은 인수에게 도움을 청하고 싶었지만 자존심이 허락하지가 않았다.

"네? 말씀하세요? 뭘 도와 드릴까요? 119 불러 드릴까요?"

"119…… 네…… 아니 뭐 먹을 거라도 좀……."

"이거 드릴까요?"

인수가 검은 봉지를 열어 바나나 우유를 보여 주었다.

놈들은 저혈당 쇼크와도 같은 끔찍한 고통을 겪고 있었기에 바나나 우유가 간절했다.

"네!"

한 놈이 온 힘을 쥐어짜 대답했다. 너무나도 먹고 싶었다.

저걸 먹으면 몸이 회복될 것만 같았다.

말 그대로 숨만 쉴 수가 있을 뿐, 아무것도 할 수가 없는 상태였다.

쪽쪽.

"근데 뭐 하시는 분들인데 여기서 이러고 계시는 겁니까?"

"아…… 그게……."

쪽쪽.

바나나 우유가 닳아서 없어질수록 소리가 컸다. 그 소리만큼이나 놈들은 미쳐 버릴 것만 같았다.

"제발!"

"네?"

"주라고 이 씨발 놈아!"

"옴마. 왜 욕을 하신데?"

"아니! 주십쇼! 제발 주십쇼!"

"이거 진짜 맘 상하네. 도와주려는 사람한테 욕을 하는 경우는 또 뭔 경우지?"

인수가 그들을 무시하고는 그냥 가 버렸다.

"으아!"

한 놈이 미쳐 버릴 것처럼 비명을 내지르더니 온 힘을 다해 인수의 발목을 붙잡고 버텼다.

"제발! 주세요! 그거 주시라고요! 아니, 살려 주세요! 네?"

"알겠습니다."

인수가 봉지를 열어 바나나 우유를 한 개 꺼내 건넸다.

바나나 우유를 받아 든 녀석은 손을 달달 떨며 받았지만, 힘이 없어 바닥에 떨어뜨리고 말았다.

너무나도 힘이 없어 주는 것도 먹을 수가 없을 지경이었다.

"빨대!"

"어허…… 뭔 일까잉."

인수가 빨대를 꽂아 주자, 놈은 미친 듯이 머리를 박고는 빨대를 쪽쪽 빨았다.

"후아!"

조금은 살 것 같았다.

그러자 나머지 4명이 뻘뻘 기어와 인수에게 구원의 손을 내밀었다.

"줄서요. 줄. 차례차례. 새치기하는 사람은 안 줄 겁니다."

인수는 그렇게 놈들에게 바나나 우유를 먹여 주었다.

먹고 힘을 낸 한 놈이 겨우겨우 전화기를 꺼내 119를 부르고 있었다.

트리니티 레볼루션
Trinity
Revolution

제80장. 무서운 실시간 관람

　박재영은 흥분을 가라앉히고는 서둘러 자리를 떴다.

　앞으로 일을 계획하고 진행해 나가는 데 있어서 모든 것에 신중을 기해야만 했다.

　그 어떤 증거도 남겨서는 안 될 일이었다.

　차에 올라타 앞으로 장우식과 어떻게 연락을 취해야 할지 고민하고 있는 박재영에게 전화가 걸려왔다.

　액정 화면을 보니, 발신자 표시 제한이 떴다.

　"여보세요."

　[한국대병원 심초음파실 지하보관소 12번 1234입니다.]

　"누구야?"

상대방이 전화를 먼저 끊어 버렸다. 장우식의 목소리는 아니었다.

박재영이 손가락으로 피아노 건반을 두드리듯 핸들을 두드리며 생각에 잠겼다.

유강에 도착한 장우식이 자신이 자리를 비운 것을 알고는 같은 뜻으로 먼저 움직이고 있다고 판단했다.

박재영은 곧바로 차를 몰아 한국대병원으로 향했다.

◇ ◆ ◇

한국대병원 심초음파실.

고개를 숙이고는 좌우를 두리번거리며 보관소를 찾고 있는 박재영은 얼굴이 팔려 있기에 여러 가지 빠져나갈 구멍을 만들고 있었다.

혹시나 누군가 자신을 알아보고 다가와 어쩐 일이냐고 물어 온다면, 대답할 수 있는 최선은 지인의 문병뿐이었다.

가장 좋으면서도 한편으로는 궁색한 변명이었다.

두리번거리던 박재영이 보관소를 찾았다.

다시 한 번 더 천장을 비롯해 주변의 카메라를 찾아보았지만 없었다.

12번 보관소. 비밀번호 1234.

문이 열렸다.

전화기 한 대와 노트북 가방이 있었다. 눈치를 다시 살핀 박재영이 전화기를 집어 들고는 자연스럽게 귀에 댔다.

누군가와 통화하는 척하며 노트북 가방을 빼내고는 현장에서 벗어나고 있는 것이었다.

그때 천장에서 내시경카메라가 그런 박재영을 촬영하고 있었다.

박재영은 병원을 벗어나며 보관소에서 가져온 전화기로 자신의 전화기에 전화를 걸어 보았다.

역시나 발신자 표시 제한이 떴다.

안심이 된 박재영이 차에 올라탄 순간 전화기가 울렸다.

발신자 표시 제한이 뜨는 것을 확인한 박재영이 전화를 받았다.

[이제 좀 안심이 되십니까?]

장우식이었다.

"어쩌자는 거야?"

[어쩌긴요? 이제 본격적으로 사냥을 시작해야죠.]

"너."

[네, 말씀하십쇼.]

"다시 말하는데. 너는 절대로 그놈 못 잡아."

[누구요?]

"이 새끼가!"

[하하하하! 걱정 마십쇼. 제가 잡아다 대령할 테니까요.]

"애송이 자식. 그렇게 겁 없이 까불다가 너부터 다치는 수가 있어. 이 철부지 놈아."

[우리 수석님⋯⋯]

"마! 시끄러!"

[아, 우리 어르신 정말 겁 많으시네요. 자, 지금부터 이렇게 하죠. 노트북이 한 대 준비되어 있었을 겁니다. 수⋯⋯ 아니 어르신께서는 그 노트북만 보고 계시면 됩니다. 아시겠어요? 간단하죠?]

"이 노트북이 뭔데?"

[와 정말 대단하시네요. 하긴 돌다리도 두들겨 보고 건너라는 말이 있으니까요. 그냥 노트북입니다. 지금부터 일어나는 일을 실시간으로 볼 수 있고요. 오케이?]

"무슨 짓을 꾸미고 있는 거야?"

[보시면 압니다. 즐겁게 감상하세요. 아 참, 이제 전화기는 버리셔도 됩니다.]

장우식이 먼저 전화를 끊어 버렸다.

"이 새끼 이거!"

핸들을 붙잡고 한참을 망설이던 박재영이 시동을 켰다가 다시 끄기를 반복했다.

노트북을 내던지고는 도망쳐 버리고 싶었기 때문이었다.

심장이 다 벌렁거리고 있었다.

한참을 그렇게 어찌하지 못하고 차 안에서 망설이고 있던 박재영이 문득 떠오르는 것이 있어서 자신의 전화기를 집어 들었다.

인수에게 전화해 볼 필요가 있다고 판단한 것이었다.

[네, 수석님.]

"그래, 박 검……."

박재영이 떨리는 목소리를 겨우 진정시키며 말을 이었다.

"지금 어디야?"

[회삽니다.]

"그래……."

박재영은 잠시 할 말을 잃고 말았다. 그 어떤 말도 할 수가 없었다.

[수석님은 어디십니까?]

"……!"

박재영은 화들짝 놀랐다.

"나는…… 병원이야. 아는 사람이 갑자기……."

[아…… 수석님도 건강 살피세요. 건강이 최곱니다.]

"그래. 알았네."

박재영은 어서 빨리 전화를 끊고 싶어졌다.

[근데, 전화는……]

"아! 그냥 생각나서 전화했어. 잘 있나 궁금해서."

[감사합니다.]

"그래, 끊자고."

[네.]

전화를 끊은 박재영은 안도의 한숨을 내쉬었다. 이렇게 무서운 놈을 상대로 내가 지금 뭘 하고 있는지 정신을 차릴 수가 없었다.

그러면서도 마약에 중독된 사람처럼 노트북을 켜서 보고 싶은 욕구를 거둘 수가 없었다.

'일단 집으로 가자. 굳이 볼 필요가 없잖아? 성공하면 연락을 다시 해 올 것인데…… 하지만 놈을 붙잡는 데 실패하면? 오히려 놈들이 붙잡혀 인수의 조사를 받게 되면?'

박재영은 덜컥 겁이 났다.

놈들이 실시간으로 전송을 해 온다.

만약 붙잡혔을 경우 영상을 보낸 곳을 추궁받게 되면 이 실직고하지 않을 수가 없을 것이었다.

장우식은 박인수에 대해 너무 모르고 있기에 지금 하룻 강아지 범 무서운 줄 모르고 까불고 있는 것이었다.

'다시 원위치시켜야 하나?'

차 안에서 이러지도 못하고 저러지도 못하고 있는 박재영은 노트북만 뚫어지게 노려보았다.

그러다가 강렬한 호기심이 생겨나 스스로 합리화해 보았다.

볼 것을 보다가 일이 뒤틀리면, 그때 다시 원위치시키면
되는 것이었다.

"아니지? 내가 뭘 직접적으로 지시한 것도 없잖아?"

박재영은 여기까지 온 자신의 발자취를 돌이켜 보았다.

발신자 표시 제한으로 의문의 남자가 전화를 걸어왔고,
남자의 음성에 따라 한국대병원을 찾아와 보관소를 열어
본 것이다.

열어 보니 전화기와 노트북이 있어서 확인해 볼 필요가
있었을 뿐이었다.

왜 그때 곧바로 신고하지 않았냐는 질문에는 평생을 일
한 검찰 직업병처럼 신고보다는 먼저 확인하게 되었다고
말하면 앞뒤가 딱 맞아떨어졌다.

이 전화기와 노트북이 설마 저 미친 재벌 3세가 대한민
국의 한 검사를 때려잡는 장면을 대한민국의 민정수석에게
실시간으로 보여 주기 위해 준비한 것이라고 그 누가 상상
이나 했겠는가?

스스로의 합리화가 끝나자 박재영은 숨을 잔뜩 들이마셨다.

그렇게 판도라의 상자를 여는 것처럼, 숨을 참고는 노트
북을 열었다.

노트북을 열고 전원을 공급하자 자동으로 동영상 재생기
가 켜졌다.

박재영은 전체화면을 클릭할 수도 없었다. 모니터를 대부분 차지하고 있는 동영상은 보는 데 그리 불편함은 없었다.

카메라의 초점은 한곳만 고정된 채로 찍히고 있었다.

대검찰청 지하 주차장 엘리베이터였다.

꼴깍.

박재영은 침을 삼키며 엘리베이터 문이 열리길 기다렸다.

하지만 아무리 기다려도 문이 열리지 않았다.

어쩌다가 문이 열리면 인수가 아니었다. 자기도 모르게 안도의 한숨이 터져 나왔다.

박재영의 꼭 쥔 두 손은 식은땀으로 가득했다. 차라리 인수가 저 엘리베이터에서 나오지 말았으면 싶었다.

그렇게 1시간이 지났을 때였다.

엘리베이터 문이 열렸고, 인수가 등장했다.

박재영은 공포영화를 보고 있는 것만 같았다.

아무런 의심과 경계도 없이 자신의 차를 향해 걸어가고 있는 인수의 뒷모습을 카메라가 따라가고 있었다.

한 걸음, 한 걸음 가까워지고 있을 때마다 박재영의 심장은 터져 버릴 것만 같았다.

지하 주차장의 수많은 CCTV를 어떻게 처리할 것인가? 설마 저 많은 눈이 있다는 것을 모르고 뒤에서 때려잡고

보는 무식한 방법을 택할 것인가?

아니면 전문가가 뒤에서 쥐도 새도 모르게 마취제와 같은 약을 주사한 뒤 어깨동무를 해서 납치할 것인가?

이 멍청한 놈들! 감히 여기가 어디라고 이런 무모한 짓을 한단 말인가!

인수의 뒤통수가 화면을 가득 차지했을 때였다.

박재영은 둔기가 머리를 강타하는 둔탁한 소리가 먼저 들려오는 것만 같았다.

그와 동시에 카메라가 360도 회전하더니 주차장 바닥 엉뚱한 곳을 전송하고 있었다.

[아이쿠! 괜찮으십니까?]

인수의 목소리였다.

[아……]

[네? 기자님이신가요? 기자님! 어디가 불편하신데 갑자기 쓰러지고 그러세요? 말씀해 보세요. 네?]

[그게…… 아…… 아……]

[아이고, 왜 이러시지? 119 불러 드릴까요?]

[아니…… 그게 아니고……]

[네? 그게 아니면 도대체 갑자기 왜 그러시는데요? 말씀해 보세요? 도와 드릴게요!]

[힘이…… 갑자기 기운이……]

[몸이 갑자기 안 좋으세요?]

[네…… 꼼짝을……]

[이거 또 저혈당 쇼크네. 단것을 먹어야 되는데. 잠깐만
요. 장비 좀 챙겨 드릴게요.]

박재영이 두 눈을 껌벅거리고 있는데, 인수의 얼굴이 화
면을 가득 차지하고 있었다.

"힉!"

박재영이 깜짝 놀라 뒤로 물러났다.

그 화면을 통해 인수가 자신을 노려보고 있는 것만 같았
다.

[기자님! 다행히도 장비는 망가지지 않은 거 같습니다.]

[아……]

인수의 뒤에서 강력한 마취제를 주입하려던 최영호의 부
하는 호주머니에서 준비한 주사기를 꺼내지도 못했다.

그렇게 바닥에 풀썩 주저앉아 두 손과 두 발을 발발 떨고
있을 뿐이었다.

무슨 일인지, 힘이 쭉 빠져나갔다. 현기증과 함께 구토가
밀려왔고 항문의 괄약근이 저절로 풀려 변이 쏟아져 나올
것만 같았다.

말 그대로 이유 없이 쓰러져 꼼짝도 못하는 경우가 이런
경우였다.

증세는 인수의 말 그대로 저혈당 쇼크 증세와 같았다.

본능적으로 단것을 찾기 마련이었다. 원기가 회복되려면

짧은 시간에 뭐라도 섭취해야 하는데, 단 것이 가장 효과적이었다.

[잠시만요!]

인수가 자신의 차 안에서 바나나 우유를 꺼내 왔다.

그때였다.

박재영은 자신의 귀를 의심했다. 동영상 사방에서 끙끙거리는 소리를 들을 수가 있었다.

하지만 화면은 다시 주차장 바닥 엉뚱한 곳만 고정된 채로 장면을 전송하고 있으니 답답하기 짝이 없었다.

그렇게 답답해 죽겠는데, 카메라가 움직이더니 주차장 안을 360도로 돌며 촬영했다.

차 뒤와 기둥 뒤에 몸을 숨기고 있던 남자들이 모두 풀썩 주저앉아 끙끙거리고 있었다.

인수는 일부러 그들을 모른 체했다.

카메라는 박재영이 보라고 고의적으로 한 바퀴 돌려 준 것이었다.

[기자님! 일단 이거 드셔 보세요. 아 그렇게 제가 뭐 대단한 사람이라고 끼니도 거르시고 잠복 취재를 하시고 그러십니까? 건강이 우선입니다. 일도 중요하지만 건강해야 일도 하죠. 안 그래요?]

[그게……]

인수는 바나나 우유를 건네준 뒤 119를 불러 주었다.

[아 여기 주차장에 의식을 잃기 일보직전인 기자님이 계셔서요. 네, 감사합니다.]

인수가 카메라를 다시 집어 들자 화면이 또 회전했다.

[곧 119가 도착할 겁니다. 그럼, 저는 급한 일이 있어서 먼저 가 보겠습니다.]

인수가 말하며 카메라를 다시 응시했다.

박재영이 또 화들짝 놀라 뒤로 물러났다.

[이거 생방인데? 어디 방송국이지?]

그렇게 카메라를 살펴보던 인수가 남자에게 카메라를 건네주고는 자신의 차로 향했다.

카메라는 유유히 떠나는 인수의 차량의 뒷모습을 보여주고 있었다.

그렇게 주차장을 빠져나가는 인수의 차를 멍하니 지켜보던 박재영이 허탈한 웃음을 터트리고 말았다.

"병신새끼."

그러면 그렇지. 박재영은 욕을 내뱉으며 노트북을 닫아 버렸다.

바로 그때였다.

끼이이익.

소리와 함께 차량이 충돌하는 소리가 들려왔다.

박재영은 재빨리 노트북을 열었다.

어떻게 돌아가고 있는지는 모르겠지만 주차장을 빠져나

가며 접촉 사고가 일어난 것으로 예상되었다.

카메라가 뻘뻘 기어가고 있는 것처럼 출입구로 향하고 있었다.

그렇게 초점이 잡힌 곳에는 역시나 인수의 차량이 들어오던 차량과 부딪쳐 멈추어 있는 상태였다.

들어오던 차량의 운전사가 차에서 내려 인수에게 사과를 하고 있었다.

인수도 미안하다며 서로 사과를 나누었다.

두 사람은 상대방의 차를 살펴보기 시작했다.

그때 상대방 운전사가 인수의 차량을 확인하는 척하더니, 뒤돌아 서 있는 인수의 뒤로 다가가 주사기로 목덜미를 찔렀다.

인수가 뒤돌아보지도 못한 채 눈이 풀리며 주저앉으려던 그때 상대방 운전사가 인수를 껴안아 세웠다.

그와 동시에 다른 남자가 나타나 인수의 차량을 몰고 현장을 떠났다. 어느 순간 사라졌는지 상대방 차량도 자취를 감춘 상태였다.

박재영의 동공이 지진이라도 일어난 것처럼 떨리기 시작했다.

일이 벌어졌다.

사방을 감시하는 눈이 저 장면을 잡았을 것이다.

인수가 실종된다면 퇴근 기록이 남은 그 시간부터 지하

주차장의 CCTV를 반드시 확인할 텐데, 용의자를 특정 짓는 것은 시간문제였다.

"이 멍청한 놈의 새끼! 일을 이딴 식으로 처리하면 어떻게 하자는 거야!"

박재영은 순간 두려움이 엄습해 와 소리를 질러 댔다.

너무나도 열이 받아 핸들을 마구 내려치다가 경적까지 울렸다.

그때 전화기가 울렸다. 발신자 표시 제한.

박재영이 전화를 받았다.

[전화기 아직 안 버리셨네요?]

"이 멍청한 놈의 새끼! 너 지금 무슨 짓을 한 줄 알아? 대한민국 검사를 대검찰청 지하 주차장에서 납치했다고!"

[누가요?]

"널 못 잡아낼 거 같아? 넌 CCTV도 몰라? 이 멍청한 놈아!"

[하하하하! 어르신. 고정하시고 제 말 좀 들어 보세요.]

"뭘 고정해 이 멍청한 놈아! 난 아무튼 모르는 일이야!"

[에이, 충분히 즐기셨으면서 그러셔. 지금 일어난 일 모두 삭제되었습니다.]

"뭐?"

[세계 최고의 해커를 고용했지요. 지금 일어난 일은 말이죠. 사방 1km 안의 카메라 그 어떤 곳에도 기록이 남지

않았습니다.]

"……"

박재영은 멍한 표정으로 침을 꿀걱 집어삼켰다.

자기도 모르게 몸에서 담배를 찾아 꺼내 물었다.

장우식이 준 담배였다.

트리니티 레볼루션
Trinity Revolution

제81장. 작전

"단장님, 따라붙습니다."

[그래.]

전화를 끊은 유정이 헬멧을 착용한 뒤 오토바이의 시동을 걸었다.

굉음과 함께 인수의 차량이 앞을 지나가자, 그 뒤를 곧바로 따라붙었다.

◇　◆　◇

한편 윤철의 방에서는 장우식이 고용한 해커를 상대로 윤철이 고군분투하고 있었다.

방어벽을 치면 어김없이 뚫고 들어와 동영상을 삭제하는 것이 윤철이 감당하기가 어려울 지경이었다.

"어 졸라 잘하네."

키보드를 조작하는 윤철의 손놀림은 마치 기계가 수백 개의 손가락을 뻗어 작동하는 것처럼 보일 지경이었다.

가까스로 해킹을 막아 내며 장면을 잡아낸 윤철은 계속 해서 해커와 대결했다.

서울 톨게이트를 빠져나가 강원도로 향하는 길목에 설치된 모든 CCTV가 또 그 대상이었다.

몇 구간은 실패해 놓쳤지만, 다른 몇 구간에서는 윤철의 방어벽이 먹혀 들어가 겨우 차량번호를 잡을 수가 있었다.

"후아!"

이제 윤철은 놈을 잡기 위한 본격적인 해킹에 들어갔다. 그렇게 놈이 쳐 둔 방어벽을 뚫고 들어가려고 했을 때였다.

"어…… 놓쳐 버렸네."

장우식이 고용한 해커가 모든 것을 포기하고는 종적을 감춰 버린 것이었다.

"에이."

한데, 윤철이 방심한 바로 그때였다.

이제는 상대 해커가 윤철을 다시 공격하기 시작했다.

"젠장!"

지금까지 포착한 영상들을 외장메모리로 이동하고 있었기에 1초가 급한 상황이었다.

놈의 목표는 단 하나였다.

윤철의 위치를 찾는 것보다는, 그 증거영상을 삭제시키려는 것이었다.

타다다다다다닥!

또 다시 윤철의 손가락이 신의 속도로 움직이기 시작했다. 방어의 방어를 거쳐 외장메모리로 이동이 완료된 순간 윤철은 재빨리 외장메모리를 빼내는 데 성공했다.

"어떠냐? 이놈아! 하하하!"

윤철이 기뻐하는 그때 모니터에 가운데 손가락이 올라왔고, 곧 흔적도 없이 사라지고 없었다.

◇ ◆ ◇

박지훈의 집.

박지훈과 김선숙 그리고 김영국과 최미연 그리고 세영과 아들 민까지.

민식이 목검을 장군처럼 쥐고는 현관 앞에 딱 버티며 지키고 서 있었다.

"삼촌!"

민이 민식의 주변을 맴돌며 목검을 만졌다.

"민아 이리 와."

"삼촌! 멋져요!"

"그래."

민식이 민을 향해 고개를 끄덕였다.

"도대체 무슨 일이기에 이렇게 한곳에 모아 두고
는……."

세영의 엄마가 두려움과 걱정으로 인해 말했다.

"어르신들! 걱정하지 마십시오! 제가 있잖습니까! 하하하
하!"

"삼촌이! 더 걱정돼요!"

"응?"

"아빠는 어디 있어요? 왜 안 와요? 아빠 보고 싶은데."

"응, 민아. 지금 아빠는 말이야. 엄청나게 중요한 일을 하
고 계셔."

"어엄청?"

"그래, 어엄청!"

"그게 뭔데요?"

민이 장난기를 싹 지우고는 물었다.

이제 겨우 2돌도 되지 않은 아이의 표정이 사뭇 진지했
다.

"그 엄청난 일이 뭐냐면 말이야. 아빠는 지금 아주 나쁘
고 못된 놈을 때려잡고 계셔. 어떻게 대답이 되었나? 민군?"

"그 나쁜 놈 괴물이야?"

"아니?"

"사나운 육식공룡이야?"

"아니……."

"아하…… 그럼, 알겠다!"

"응? 뭔데?"

"인간의 탈을 쓴 악마!"

"어…… 그래…… 맞아."

민식은 '아들 녀석, 거참 똑똑하네.' 라고 생각하며 민을 내려다보며 웃고 말았다.

◇ ◆ ◇

인수가 눈을 떴을 때는 밀실에 갇혀 있다는 것을 알 수가 있었다.

밀실 치고는 눈이 부실 정도로 밝았다.

침대 위에 누운 채로 사지가 결박되어 있는 상태였다.

약이 침투해 들어왔을 때 내공을 지속적으로 운용해 제거하다 보니, 단전의 내공을 다 써 버려 바닥이 난 상태였다.

우우우웅.

인수는 서클을 회전시켜 화이트존을 생성시켰고, 즉시

치유의 마법진을 통해 마나를 끌어들여 내공을 회복시켰다.

그리고는 강력한 마취에서 이제 막 깨어난 상태인 것처럼 두 눈만 뜨고 있었다.

사방을 살펴보니, 감시카메라가 설치되어 있었다.

사방 모서리에 4대. 천장 중앙에 1대. 탁자 정면에 1대. 그리고 저 거울 벽 밖에도 3대.

지금부터 촬영되는 영상은 지켜보는 이들에게 엄청난 즐거움을 선사할 것이었다.

고문을 당하게 되면 고통의 표정은 단순한 표정을 넘어 마음의 고통까지도 놈들에게 읽혀질 것이다.

장우식이 보고 있으리라. 어쩌면 이제는 박재영도 합류했을 수도 있었다.

인수는 먼저 카메라들이 정상적으로 작동되고 있는 지부터 확인했다. 놈들이 즐거워하는 순간부터 모든 것이 다 완벽한 범죄 증거가 될 것이니.

저 카메라들이 놈들의 웃는 얼굴을 잡아야 했다.

밀실 내부에서는 외부를 볼 수가 없는 평범한 거울이지만, 안을 지켜보고 있는 외부에서는 유리처럼 밀실 안을 훤히 들여다볼 수가 있었다.

일명 매직미러.

하지만 이 거울이 과연 말처럼 마법일까?

아니었다.

매직미러는 마법이 아닌 빛의 속임수일 뿐이었다.

인수가 붙잡혀 있는 밀실 안은 눈이 부실 정도로 밝았다. 그와 반대로 밀실을 지켜보고 있는 저 밖은 어둠에 잠겨 있는 것이었다.

이런 생각에 잠겨 있는 그때, 문이 열리고 누군가가 들어왔다.

두 명의 남자가 무슨 달나라에라도 착륙한 우주인처럼 보호복장 차림을 하고선 인수의 앞으로 다가왔다.

인수는 아무것도 할 수 없는 무기력한 사람처럼 두 눈을 감은 채로 가만히 누워만 있었다.

강제로 눈을 벌려 눈동자의 상태를 확인했고, 혈압을 측정하고, 혈액을 뽑았다.

400ml에 가까운 양이었다.

그런 다음 다시 인수의 팔뚝에 약물을 주입했다.

인수가 아무런 저항도 하지 못하니, 놈들은 준비해 온 의료기구함에서 전자이발기를 꺼내 들었다.

윙.

인수의 머리카락이 모조리 잘려 나가고 있었다.

환각제가 들어와 혈액을 타고 돌자, 인수는 즉시 내공을 돌려 제거해 나가기 시작했다.

이런 사실도 모른 채 작업을 끝낸 남자들이 밖으로 나갔다.

그때 인수는 서클을 회전시켜 화이트존을 생성시켰다. 밀실 밖에 박재영이 있는지를 확인해야 했다.

하지만 없었다.

지금 이곳에 쉽게 등장할 위인은 아닌 것이었다.

장우식과 최영호가 무기력한 인수를 지켜보며 비웃고 있었다.

잠시 후, 연구원들이 장우식의 앞에 인수의 혈액을 젤리로 바꿀 수 있는 빨간색 캡슐을 가져왔다.

푸슉.

빨간색 캡슐이 터지는 순간, 실험 컵의 혈액이 순식간에 젤리로 둔갑되었다.

"좋아."

장우식은 이제 마지막 의식을 치르기 전에 한 가지 안전 장치를 확실히 할 필요가 있었다.

"상황은 어때?"

[박지훈의 집에 모두 모여 있습니다.]

"알았어. 내가 명령을 내리면 인질로 포획해. 한 놈도 놓쳐서는 안 돼."

[알겠습니다.]

모든 준비가 끝났다고 판단한 장우식이 씩 웃었다.

새로운 실험 컵에 담겨 있는 인수의 혈액과 이곳에 떨어뜨릴 독극물을 번갈아 보고 있노라니 기분이 몹시 좋아졌다.

그렇게도 간절히 바라고 원해 왔었다. 놈을 발아래 짓밟은 상태로 마음껏 비웃어 주고 싶었다.

지금 그놈이 저 안에 붙잡힌 상태로 꼼짝도 못 하고 있는 것이었다.

이제 민정수석이 여기로 와서 자신의 옆에 서 주기만 하면 모든 것이 끝났다.

놈을 실컷 괴롭혀 준 다음, 저 세상으로 조용히 보내 주는 것이었다.

민정수석과 함께라면 지금까지 계획해 온 부분에 있어서 변수가 발생해도 걱정이 없었다.

그 어떤 법망도 자유롭게 빠져나갈 수가 있는 것이었다.

한데, 이 참새 새끼가 오질 않고 있는 것이 문제였다.

장우식은 다시 박재영에게 전화를 걸었다.

"어르신. 밥상 다 차려 두었습니다. 오셔서 수저만 드시면 됩니다."

[……]

"어서 오십쇼."

[무슨 헛소릴 지껄이고 있는 거야?]

"아하하하! 헛소리라니요? 제가 맛있는 식사를 준비해 두었으니 빨리 오셔서 함께하시자고요."

[됐어. 나 밥 먹었어.]

"에이, 드셨어도 성의를 생각해서라도 조금만 드시지요. 네? 빨리 오세요."

[귓구멍이 막혔어? 안 먹는다고 말했잖아!]

"저 기다릴 겁니다. 음식 다 상해도 어르신 오실 때까지 기다렸다가 같이 먹을 겁니다."

장우식이 킥 하고 웃으며 전화를 먼저 끊어 버렸다.

"올까요?"

영호가 옆에서 물었다.

"올 거야."

"안 오면요?"

"올 때까지 기다려야지. 10년이 걸려도."

장우식이 씩 웃으며 유리창 안을 들여다보았다.

인수가 두 눈동자가 풀린 채로 힘겹게 고개를 돌려 이쪽을 보기 위해 애를 쓰고 있었다.

"저 새끼 여기 보이나?"

"안 보입니다."

"그렇지? 근데 어째 보이는 거 같지?"

"그럴 리가 없습니다. 여기 불이 저 안보다 더 밝게 켜지면 모를까요."

"그래. 그렇지. 아무튼 꼴좋다 저 새끼."

장우식은 사경을 헤매고 있는 것처럼 보이는 인수를 향해 실컷 비웃어 주었다.

지금 이 순간, 장우식은 어서 빨리 저 안으로 들어가 빨간색 캡슐을 터트려 혈액을 젤리로 바꾸는 마법을 보여 주고 싶었다. 그러면 놈이 과연 어떤 반응을 보일지 확인하고 싶은 것은 것이었다.

그리고 그 다음은 놈의 반응에 따라 즐길 것이었다.

어차피 파란색 캡슐로 살려 줄 생각은 눈곱만큼도 없었다. 만약 살려서 보낸다고 해도 뇌의 절반을 날려 버려 바보로 만든 뒤 가족들에게 돌려보낼 것이었다.

하지만 아무리 기다려도 박재영이 오질 않았다.

장우식은 좀이 쑤셔 미칠 지경이었다.

그래서 혼자서 상상해 보았다.

장우식이 아는 인수라면 겁을 집어먹으면서도 어디 해볼 테면 해 보라고 반항할 것이 뻔했다.

그러면 입 안에 빨간색 캡슐을 터트려 지옥으로 보낸 다음, 다시 파란색 캡슐을 터트려 살려 줄 것이었다.

"놈은 5초를 사이로 천국과 지옥을 오가겠지?"

생각만 해도 기쁘기 그지없었다.

"안 오는 거 아닐까요?"

영호는 아무리 생각해 보아도 박재영이 나타나지 않을 것 같았다.

"이 양반 진짜 독수린 줄 알았더니 진짜 참새 새끼네?"

장우식이 혼자 중얼거리며 서성거렸다. 그러다가 유리

안의 먹잇감을 바라보면 일단은 혼자라도 먼저 즐기고 싶어졌다.

"안 되겠어. 일단 들어가야겠어."

"형님. 안 됩니다."

언제부턴가 영호는 장우식에게 깍듯해졌다. 돈이 가진 힘과 돈 앞에서 빌빌거리는 경찰들과 검사들을 지켜보다 보니, 이것이야말로 진정한 파워라고 느낀 것이었다.

권력이란 남이 하기 싫은 것을 억지라도 하게 할 수 있는 힘.

영호는 우식이 그런 힘을 가졌다고 믿고 있는 것이었다.

"어차피 이 양반이 안 나타나면 방어벽도 사라진 것이 맞아. 그 양반 믿고 일 시작한 건 아니잖아?"

"하지만 조금만 더 기다려 보시는 게 좋을 것 같습니다."

그럼에도 불구하고 지금은 박재영이라는 안전한 장치가 있어야 한다는 생각을 버리지 못하는 영호였다.

"너."

순간, 장우식이 영호를 노려보았다.

"네, 형님."

"무섭냐?"

"아닙니다."

쫘아악.

장우식이 손을 들어 올려 영호의 귀싸대기를 날려 버렸
다.

"죄송합니다."

"너 저 새끼 아직도 무서워?"

"아닙니다. 죄송합니다."

"아니긴 뭐가 아니야, 새끼야! 너 솔직히 말해 봐. 지금
뭐가 무서운 거야?"

"형님이 옆에 계신데 뭐가 무섭겠습니까?"

"지랄하지 마, 이 새끼야! 너 지금 저 새끼 무섭지? 나보
다 더 무서운 거지?"

"아닙니다. 절대로 아닙니다."

쫘아악. 쫘아악.

장우식이 또 다시 손을 들어 영호의 귀싸대기를 연속해
서 날렸다.

"잘못했습니다."

영호가 즉시 무릎을 꿇었다.

"모든 것이 다 빈틈없이 완벽해. 지금 저놈에게 무슨 일
이 생겨도 우리에게는 아무런 일도 일어나지 않는다고. 저
놈이 지금 저 침대에서 벗어날 수 있어? 없어?"

"없습니다."

"그래. 모든 증거도 완벽하게 지웠어. 그런데 뭐가 걱정
인데?"

"형님을 걱정하는 것일 뿐이었습니다. 오해하시게 했다면 죄송합니다."

"영호야."

"네, 형님."

"만약에 말이야."

"네."

"일이 잘못되었다고 쳐."

"……."

영호는 무릎을 꿇은 채로 침을 꿀꺽 집어삼켰다.

"네가 다 책임질 거잖아?"

"맞습니다. 형님의 신상에는 그 어떤 일도 일어나지 않을 것입니다. 제가 있습니다."

"그래. 그럼 나 저놈이랑 좀 즐기고 올게."

"네, 형님."

장우식이 영호의 머리를 충견의 머리를 쓰다듬듯 만지고는 문을 열고 밀실 안으로 들어갔다.

문이 열리는 순간, 장우식은 인수와 눈이 마주쳤다.

인수는 비몽사몽 사경을 헤매고 있었고, 입에서 침까지 질질 흘리고 있었다.

"어이."

인수는 아무리 애를 써도 상대방에게 초점을 맞출 수가 없었다. 똑바로 쳐다본다는 것, 그것이 너무나도 힘들다는 사실을 스스로도 받아들이지를 못해 헤헤 하고 웃고 말았다.

"재밌어?"

장우식이 침대 옆으로 다가와 의자를 끌어와 앉아 인수의 뺨을 철썩철썩 때리며 물었다.

"누구냐……."

"나야."

"얼굴이 보이지 않아……."

인수는 상대방의 얼굴을 보기 위해 애를 썼지만, 두 개로 퍼져 보이는 얼굴을 하나로 붙잡을 수가 없었다.

"좀 똑바로 봐라. 우리 오랜만인데 서운하네. 내 얼굴도 못 알아보고."

"몰라…… 누구냐……."

"어허, 그사이 내 목소리도 잊었어?"

인수가 고개를 저었다. 양팔과 발목의 족쇄를 풀기 위해 안간힘을 썼지만, 벗어날 수가 없었다.

"누구냐……."

인수는 같은 말만 되풀이했다.

그러자 장우식이 대답했다.

"와, 나 정말 모르겠어? 진짜 서운한데?"

"누구……."

순간, 밖에서 지켜보고 있는 영호가 눈빛을 빛냈다.

장우식보다 인수를 더 잘 아는 사람이 바로 영호였다.

"안 돼……!"

영호가 화들짝 놀라서 문을 열고 들어가려는 그때였다.

"나야. 우식이. 킥!"

영호의 발이 굳어 버린 것처럼 딱 멈추었다.

"장…… 우식?"

"그래! 장우식! 이제 알겠어?"

"백학고 장우식?"

"그렇다니까."

철썩철썩.

장우식이 인수의 뺨을 계속 내리쳤다.

"왜 나를……."

"왜긴 뭐가 왜야? 이렇게 만나니까 반갑지 않아?"

"반갑다…… 친구야……."

"친구? 킥킥. 그래. 친구라."

밖에서 이를 지켜보고 있는 영호의 심장이 벌렁거리기 시작했다.

'친구할까?'

오래전 인수의 목소리가 들려오는 것만 같았다.

영호는 본능적으로 직감했다. 뭔가 일이 잘못 돌아가도 한참 잘못 돌아가고 있는 것만 같았다.

"왜……."

"음. 일단 그 질문은 네가 좀 정신을 차려야 대답해 줄 수 있을 거 같아."

"하아…… 하아……."

인수가 거친 숨을 토해 냈다.

그렇게 잠시 후, 인수의 두 눈이 초점을 바로 잡기 시작했다.

"흠. 이제 정상으로 돌아왔군."

"우식아……."

인수가 장우식을 부르자, 장우식의 표정에 웃음기가 싹 사라졌다.

"말은 똑바로 해야지. 다시 불러 봐."

"우식아……."

"정신 못 차렸네. 살고 싶으면 형님 하고 불러 봐."

"형님…… 우식이 형님……."

"그래."

"살려 주세요……."

"……."

장우식은 뭔가 이상했다. 자신을 알아보자 다짜고짜 살려 달라고 애원하는 이 녀석이 의심스러운 것이었다.

그것보다 우선 빨간색 캡슐과 파란색 캡슐로 반항하는 놈의 생명을 좌지우지하는 신처럼 굴고 싶어졌는데, 이렇게 쉽게 생명을 구걸하다니.

이건 아니었다.

"잘 들어. 이거 보이지?"

인수가 고개를 끄덕였다.

"자, 이 실험 컵 안에 담긴 혈액이 바로 네놈의 몸에서 뽑아낸 혈액이야. 이 빨간색 캡슐을 여기에 터트리면 네 피가 어떻게 바뀌는지 잘 보라고."

"살려 주세요. 제발 살려 주세요."

"아니. 일단 보라고."

"아니. 살려 주세요. 제가 잘못했습니다."

"이 새끼가! 먼저 보라고 새끼야!"

"살려 주십쇼. 제가 다 잘못했습니다."

"하 이 새끼 이거 뭐야?"

"살려…… 제발……."

인수가 살려 달라고 애원을 하다가 의식을 잃고는 두 눈을 감고 말았다.

"……."

장우식은 멍한 표정으로 인수를 내려다보았다.

"뭐 이리 싱거워? 이게 아닌데?"

거울을 통해 보이는 자신의 얼굴을 바라보며 장우식이 중얼거렸다.

영호도 그 광경을 지켜보며 침을 꿀꺽 집어삼켰다.

◇ ◆ ◇

　침대에 누운 지 3시간이 지났건만, 박재영은 쉬이 잠들
수가 없었다.

　뒤척이던 끝에 겨우 잠이 든 박재영의 입에서 신음 소리
가 새어 나왔다.

　악몽을 꾸는 것이었다.

　박재영의 꿈속. 분명 자신의 침실에서 잠이 들었는데, 깨
어난 곳은 전혀 다른 곳이었다.

　구슬픈 여자의 울음소리가 들려와 잠에서 깨어난 박재영
은 문을 열고 나간 순간, 화들짝 놀랐다.

　"내가 여길 왜?"

　서한철의 집 거실이었다.

　당황한 상태로 멍하니 서 있던 박재영은 서한철의 이름
을 부르며 방안 곳곳을 찾아 헤맸다.

　하지만 집 안에는 아무도 없었다.

　"한철아! 서한철!"

　다시 거실 한 가운데로 나온 박재영은 밖에서 들려오는
여자의 울음소리에 온몸에 소름이 돋아났다.

　"누구냐!"

　소리치는 순간, 현관문이 덜커덩거렸다.

　"누구냐고!"

다시 소리치는 그때 현관문 밑 틈새로 시커먼 물질과 함께 지독한 악취가 새어 들어왔다.

박재영은 뒷걸음질을 치다가 소파에 걸려 넘어지듯 앉았다.

쿵쾅쿵쾅!

심장이 폭발하는 것처럼 뛰기 시작했다.

현관문 틈새로 새어 들어오기 시작한 시커먼 물질은 그 양이 점점 더 많아지고 있었다.

악취도 지독했다. 두려움에 사로잡혀 꼼짝 못 하고 있던 박재영이 용기를 내어 현관문으로 돌진했다.

그러자 시커먼 물질이 쏙 빠져나가며 감쪽같이 사라졌다.

박재영은 현관문 손잡이를 붙잡고는 힘차게 열었다.

맨발로 밖으로 뛰어나가 주위를 두리번거렸다.

어둠 속에서 사부작거리는 소리를 들었다. 화단이었다.

"으으으……."

새카만 손이 쑥 솟아오르고 있었다.

"안…… 돼…….'

심장이 멎어 버릴 것만 같았다. 화단에서 손이 빠져나온 시체는 서서히 기어올라 왔다.

그 시체는 원한에 휩싸여 흙으로 돌아가지도 못 한 상태였고, 구천을 헤매던 원통한 영혼이 다시 시체로 들어가 움직이는 것만 같았다.

화단의 흙에서 기어 나온 시체는 공포영화에서나 보았던 모습이었다.

칠흑 같은 머리카락에서는 새카만 기름이 뚝뚝 떨어져 내렸다.

"으으……."

박재영은 저 시체의 얼굴을 보고 싶지가 않았다. 아니, 볼 용기가 나지 않았다.

얼굴을 보면 알아볼 것 같았다. 그 옛날 여리고 여린 제수씨의 얼굴이 원한에 사로잡혀 썩고 곪아 문드러진 상태로 자신을 원망할 것만 같았다.

억울해…….

역시나 구슬픈 울음소리는 소리 없는 음성으로 변했다.

네놈 때문이야…….

시체는 서서히 기어 와 박재영의 발 앞까지 다가왔다.

시체가 고개를 들어올렸다.

한데, 그 얼굴이 제수씨의 얼굴이 아닌 인수의 얼굴이었다.

"……!"

왜? 왜라고 묻고 싶었다.

네가 왜 거기에서 나오는 거냐고 소리치고 싶었다. 하지만 목소리는 입 밖으로 빠져나오지 못했다.

그러는 동안에도 박재영은 꼼짝도 할 수가 없었다. 온몸이 굳어 버린 채로 몸을 움직일 수가 없었다.

도망쳐야만 했다.

저 시체의 손에 다리를 붙잡히면 그대로 자신을 끌고 화단으로 다시 들어갈 것만 같았다.

"끄으으……."

역시나 시체는 손을 뻗어 박재영의 발목을 붙잡았다.

같이 가자…….

박재영은 저항할 수가 없었다. 그대로 넘어진 상태로 질질 끌려갔다.

안 돼! 라고 소리치고 싶었지만 입도 열리지가 않았다.

말 그대로 아무것도 할 수가 없었다.

그렇게 화단까지 끌려간 박재영은 시체가 기어 나온 곳으로 함께 끌려들어 갔다.

늪에 빠져들 듯 발목이 잠겼고, 이윽고 허벅지까지 빠져들었다.

허우적거릴 수도 없었다. 일체의 저항이 불가능했다.

허리까지 빠져들었고, 이윽고 가슴에 이어 목까지 빠져들어 갔다.

새카만 흙이 입 안으로 밀려들어 왔다. 악취와 함께 오물의 맛이 느껴졌다.

이제는 숨도 쉴 수가 없었다. 호흡이 이루어지지가 않았다.

그렇게 코까지 빠져들었고, 눈까지 파묻힐 때였다.

"으아아아!"

박재영은 악몽에서 깨어났다.

온몸이 식은땀으로 젖어 있었다. 지독한 악몽이었다.

◇ ◆ ◇

유강.

박재영은 젓가락조차 들지도 않은 채 연실과 아들들이 먹는 모습만 지켜보았다.

"아버지. 좀 드세요."

작은아들 진석이 상념에 잠겨 있는 아버지의 모습을 물끄러미 바라보다가 말했다.

"그래. 많이 먹어라."

박재영이 원판을 돌렸다. 큰아들 진환의 앞에 탕수육이 도착하자 멈추었다.

자신의 앞에 도착한 탕수육을 내려다보던 진환이 고개를 들어 아버지의 얼굴을 보았다.

그 특유의 무표정한 얼굴이었다.

참다못한 연실이 물었다.

"무슨 일 있어?"

"무슨 일이라니?"

"아냐. 당신답지 않아서."

"나다운 게 뭔데?"

"아니야."

"싱겁긴."

박재영이 무뚝뚝하게 말을 내뱉자 연실이 젓가락을 탁 소리가 날 정도로 탁자에 내려놓았다.

"말해 봐. 도대체 무슨 일이야?"

연실이 눈을 빛냈다. 그 눈은 총명해 보였다.

"응?"

"사람 불러다 놓고 뭐 하는 거냐고."

"뭘 하다니? 아니 무슨 말을 그렇게 해? 오랜만에 얼굴도 좀 보고 맛있는 거도 좀 같이 먹자는 거지, 뭘 하긴 뭐가 뭘 해? 말 참 이상하게 하네."

박재영이 두 아들들을 번갈아 보며 말했다.

큰아들 진환도 젓가락을 놓았다. 둘째 아들도 젓가락을 내려놓았다.

"이게 맛있는 거야?"

"또 뭔 말이야? 맛없어? 기껏 불러서 사 줬더니 왜 들 이 래?"

"당신이나 좋아하지, 우린 중국집 안 좋아하거든?"

"아직 맛을 모르는 거지."

"……"

연실은 더 이상 대화가 통하지 않는다는 표정으로 한숨을 폭 내쉬었다.

"아버지. 걱정 있으세요?"

"아니다. 내가 무슨 걱정이 있겠냐?"

"표정이 좋지가 않으세요."

"그래?"

박재영이 손으로 자신의 턱을 쓸었다.

"뭐 이런 일을 하다 보면 좋은 일도 있고 피곤한 일도 있고 그런 거지. 어떻게 매일 좋은 일만 있겠어?"

"아니요."

"……?"

"저 아버지 이런 표정 처음입니다."

"……"

"혼자 삭이지 마시고 말씀해 주세요. 저 아버지 아들입니다."

박재영이 눈을 들어 진환의 얼굴을 보았다.

진환은 아버지의 눈이 무슨 이유인지는 모르겠지만 몹시 슬퍼 보였다. 전과는 전혀 다른 눈이었다.

총기도 사라졌고 흐리멍덩한 것이 힘도 없어 보였다.

하지만 큰아들 진환의 말에 입가에 엷은 미소가 번지고 있었다.

저 아버지 아들입니다.

"너나 잘해라."

"헐……."

연실이 박재영을 노려보았다. 마치 '아들이 아버지가 걱정되어 하는 말에 꼭 그따위로 대답해야겠어?' 라고 묻는 눈빛이었다.

"왜?"

"왜라는 말이 나와?"

"이 여자 또 시비네."

"시비가 아니라! 아니, 아들이 아버지가 걱정돼서 말하는데 고맙다는 말은커녕 너나 잘하라는 말이 나와?"

"나도 걱정돼서 하는 말인데 왜? 잘하라고. 잘하라는 아버지 말을 이상하게 들으면 잘못 받아들이는 아들이 문제인 거지, 너 왜 자꾸 나한테 시비야?"

"그래요. 내가 미친년이네요. 이 자리에 싫다는 아이들 데리고 나온 내가 미친년입니다요!"

"야! 너 진짜! 계속 그럴 거야?"

탕탕!

박재영이 탁자를 내리치며 소리쳤다.

진환과 진석이 코로 한숨을 푹 내쉬었다.

왜 두 사람은 만나기만 하면 서로 못 잡아먹어서 안달일까?

"먼저 사람 건드린 게 누군데!"

"에이 진짜! 어째 너는 나이를 처먹어도 그 모양이냐? 아이들 보기 부끄럽지도 않냐? 툭하면 버럭버럭!"

"하아! 그래! 그래서 내가 미친년이라고!"

"야!"

"뭐!"

박재영과 연실이 동시에 벌떡 일어나 서로를 노려보는 그때였다.

"그만 좀 하세요!"

진환이 벌떡 일어서며 소리를 내지르자, 두 사람은 깜짝 놀랐다.

"이제 그만 싸우실 때도 되지 않았어요? 정말 너무하시는 거 아닙니까? 저 언제까지 두 분 만나기만 하면 싸우는 모습 지켜봐야 합니까?"

"……."

"……."

집안의 장남은 장남이었다. 진환이 소리치자 두 사람은 아무런 대꾸도 못 한 채 서로를 원망하는 눈빛만 보내고 있을 뿐이었다.

하지만 장남의 힘은 여기에서 끝나지 않았다. 이제부터가 시작이었다.

"두 분. 화해하세요."

"……."

"……."

"어서 화해하세요. 왜 별것도 아닌 일로 그렇게 싸우세요? 정말 속상합니다."

박재영과 연실은 여전히 네 잘못이라는 표정만 짓고 있었다.

"화해 안 하시면, 앞으로 이런 자리에 저 부르지 마세요."

"저도요."

진석도 벌떡 일어나 입장을 분명히 밝혔다.

"이 녀석들이!"

"왜 또 애들에게 화내려는 거야?"

"아니…… 누가 화를 내…… 말이 그렇다는 거지."

"엄마가 미안하다."

연실은 아들들에게 먼저 사과했다.

"뻔히 알면서 내가 또 당신 긁었네."

"아냐. 나도 이럴 생각은 없었어. 단지 얼굴을 보고 싶었어."

박재영이 낮은 목소리로 창밖을 바라보며 말했다. 하지만 미안하다는 말은 끝내 하지 못했다.

"화장실 좀 다녀올게."

박재영은 답답한 마음에 밖으로 나가 담배를 한 대 꺼내어 물었다.

트리니티 레볼루션

제82장. 참으로 싱거운 녀석

2일이 지나갔다.

방송 매체를 포함해 모든 것이 폭풍전야처럼 고요하기만 했다. 대검찰청 지하 주차장에서 대한민국 검사가 납치를 당했다. 한데, 어떻게 이렇듯 조용할 수가 있단 말인가? 장우식이 말한 것처럼 최고의 해커가 모든 기록을 삭제했단 말인가?

반응을 직접 살펴보기 위해 특수단으로 향하려던 박재영은 정신이 번쩍 들어 그만두었다.

만일을 대비해 의심을 살 만한 그 어떤 행동도 해서는 안 될 일이었다.

하지만 어떻게든 확인은 해야 했다.

박재영은 이채영 단장에게 전화를 걸었다.

"다른 게 아니고, 검찰 개혁에 관한 부분 말이야. 가장 불만이 많은 놈이 누구야? 총장은 어때?"

[다들 속 말씀을 아끼고 있는 분위기입니다. 그러니 저도 확인할 길이…….]

"그래……."

박재영은 박인수 검사에 대해 묻고 싶었지만 꾹 참았다. 2틀 동안 출근을 하지 않은 상태일 테니, 분명 먼저 말을 꺼낼 것이었다.

[수석님.]

"그래…… 말해."

[앞날을 위해 탈검찰을 시도하시든 진정한 검찰 개혁을 위한 것이든, 민정수석실에서 결정한 방향이니까 그 부분에 대해 제가 뭐라고 드릴 말씀은 없습니다만…… 아닙니다.]

"아니야. 하고 싶은 말 있으면 해. 내가 잘해 보자고 이러는 거지, 뭘 엉망진창으로 만들려고 이러는 게 아니잖아? 그러니 이럴 때일수록 대화가 필요하고 중요한 거지. 어쨌든 자네도 알아야 할 건 내가 대권을 위해 탈검찰을 시도하는 것이든 검찰의 개혁을 위한 것이든 부정적으로 보지 말아야 한다는 거야. 다 이 나라의 미래를 위한 것이란 말이야."

[알겠습니다. 그럼, 솔직하게 말씀드리겠습니다.]

"그래."

[반반입니다.]

"반반이라……."

[수석님의 방향성을 지지하는 사람 반, 등을 돌린 사람 반. 총장님은 지지하는 쪽입니다. 등을 돌린 사람에 대한 부분은 누가 누구라는 식으로 말씀드릴 수 없는 점 양해해 주시기 바랍니다.]

"자네는?"

[저는 수석님을 지지합니다.]

"고맙네."

박재영은 박인수의 이름이 입 안에서 간질거렸지만 꾹 참았다.

[박인수 검사도 수석님의 방향성을 적극 지지하고 있고 저보다 더 응원하고 있습니다.]

"……!"

박재영은 깜짝 놀랐다. 지하 주차장에서 납치된 그를 마치 옆에라도 있는 것처럼 말하고 있기 때문이었다.

"그래? 든든하군. 박 검 옆에 있으면 좀 바꿔 봐."

[아…… 지금 자리에 없습니다. 휴가입니다.]

"휴가?"

[네. 근태 올렸습니다. 오늘까지 휴가입니다.]

"무슨 일이 있나?"

[좀 쉬고 싶다고 했습니다. 가족들과 강원도로 바람 좀 쐬고 온다면서요. 그래서 제가 푹 쉬고 오라고 했습니다. 맛있는 것도 많이 먹고요. 사실 박 검 정말 열심이거든요.]

"박 검 열심히 하는 건 나도 잘 알지. 그래, 알았네."

[네, 수석님. 수고하십시오.]

"그래, 자네도 수고해."

[네!]

박재영은 전화를 끊고는 생각에 잠겼다. 얼굴의 표정이 그 특유의 무표정으로 바뀌었다.

전혀 모르고 있었다. 아니, 그 어떤 것도 알아차리지 못하고 있는 상태였다.

자리에서 일어난 박재영은 서성거리기 시작했다.

빠져나올 수는 있을지언정, 완전범죄는 불가능하다.

빠져나온다는 것은 곧 범행에 가담하지 않았다는 것이다.

평생을 몸 바쳐 일해 온 검찰 인생. 그 긴 시간을 통해 배우고 터득한 진리라면 진리였다.

한데, 아무도 모른다니. CCTV 기록이 삭제되었다고 해도, 보안 요원은 접촉 사고를 확인했을 것이다.

그 정도 충격이라면 차량 어딘가는 분명 깨졌을 것이고, 바닥에 파편이 남아 있을 것이다.

앞으로 실종 접수와 함께 수사가 진행될 것이고, 접촉 사고가 일어난 시간을 알아내고 목격자를 발견한다면 납치범들은 경찰의 수사망에서 빠져나갈 수가 없다. 반드시 걸린다. 그렇게 되면 납치를 계획하고 사주한 자가 납치범들과 함께 걸려드는 것은 시간문제였다.

살인까지 진행된다면, 깃털이 모든 것을 책임질 수는 없었다. 최영호라는 깡패. 그놈에게 모든 것을 뒤집어씌운 뒤 캡슐로 보낼 수도 있을 것이다.

그 캡슐은 국과수에서 반드시 걸린다.

"······!"

하지만 검출되지 않는 독극물.

국과수에서 증인의 직접적인 사망원인을 밝혀내지 못하면 사건은 미궁으로 빠져들게 될 것이었다.

학창 시절 괴롭힘에 따른 보복 행위로 케이스가 종료될 가능성이 높았다.

생각이 여기에까지 미치자, 박재영은 도저히 가만히 있을 수가 없었다.

범죄자가 범행을 저지른 현장을 돌아와 살펴보는 것처럼 납치 현장을 가 보지 않고는 버틸 수가 없는 것이었다.

하지만 냉정을 찾아야만 했다.

그럼에도 불구하고 박재영은 국과수로 전화를 걸고 말았다.

"그때 그 길고양이들 직접적인 사망원인 말이야. 아직도 못 찾았나? 뭐 혈액화학식에서 나타나지 않는다고 했었던 그 부분 말이야. 그거 진짜 불가능한 거야?"

[죄송합니다. 계속 노력하겠습니다. 밝혀내야죠.]

"아니, 할 수 있어, 없어? 솔직해야지. 안 되는 걸 억지로 할 순 없잖아?"

[그게…… 수석님, 사실대로 말씀드리겠습니다.]

"그래, 말해 봐."

[불가능한 일입니다. 죄송합니다.]

"알았어."

◇ ◆ ◇

안달이 난 장우식은 기어코 보여 주어야만 했다. 빨간색 캡슐의 무서움을 받아들인 인수가 벌벌 떠는 모습을 보아야만 직성이 풀릴 참이었다.

한데, 보여 주지도 않았건만 이미 겁에 질려 벌벌 떨고 있으니 싱겁기 짝이 없었다.

더군다나 박재영이 꽁꽁 숨어 버려 다 끝났다고 판단했다.

더 이상의 재미는 없었다.

"이건 뭐 관객이 있어야 쇼를 계속하든지 말든지 하지?"

"끝내시게요?"

"마지막으로 연락해 보고."

장우식이 박재영에게 전화를 걸었다. 하지만 받지 않았다.

"이런 참새 새끼 같으니라고. 안 되겠어. 이 새끼 내가 직접 산 채로 뇌 절반을 덜어 낸 다음에 집 앞에다가 내다 버릴 거야."

장우식이 의사처럼 수술 복장 차림을 끝내고는 밀실 안으로 들어갔다.

인수는 여전히 비몽사몽 눈이 풀린 상태로 누워만 있을 뿐이었다.

"형님…… 살려 주세요…… 제가 다 잘못했습니다……."

"이제 그런 말 그만해. 내가 속상한 건 이 쇼를 관람할 대고객님께서 끝내 오시질 않았다는 거야."

"누구……."

"누구긴 누구야."

장우식이 인수를 내려다보며 씩 웃었다.

"박재영 민정수석님이시지."

"그분이 왜……."

인수의 표정은 깜짝 놀란 것을 넘어 복잡하고 미묘했다. 그 얼굴을 본 장우식이 재미있어서 떠들기 시작했다.

"왜냐고? 정말 몰라서 물어?"

"모르겠어…… 왜……."

"어허. 참 안타깝네. 넌 도대체 왜 그렇게 사람들의 미움을 사고 다닌 거냐? 나만큼 널 죽이고 싶어 하는 양반이 바로 그 양반이야. 정말, 그걸 몰랐어?"

"아니야…… 그럴 리가…… 도대체 왜?"

장우식은 킬킬거리며 비웃을 뿐 대답하지 않았다.

"지금 널 당장 죽이고 싶은 마음은 없어. 잘난 네놈의 뇌 절반을 들어낸 다음에 집 앞에 버려 주마. 천재의 천재라는 네놈의 뇌를 절반 들어낸다면, 과연 어떤 삶을 살아가게 될까? 더군다나 내가 지금 손가락만 튕기면 네 가족들은 모두 끔찍한 일을 당할 것이고, 앞으로 두려움에 벌벌 떠는 삶을 살아가게 될 거야. 앞으로 그런 너와 네놈의 가족들을 지켜볼 수 있다는 생각만으로도, 와우! 짜릿해."

"왜…… 그분이 왜……."

인수가 다시 물었다.

"아! 그 양반뿐만 아니라 굉장히 많아. 너 때문에 잡혀 들어간 인간들은 죄다 지금 이 순간을 지켜보고 싶어 미칠 지경이라는 사실을 알아야지."

"그래서…… 누가 시킨 거야…… 누구냐?"

"오! 이제야 박인수가 돌아왔네. 시키긴 누가 시켜. 누가 시킨다고 내가 말 듣는 그런 놈은 아니잖아?"

"그러면 박재영 민정수석은 왜……."

"물론 처음에는 이 모든 것을 같이 공모했었지. 근데 이 양반 간이 참새 새끼처럼 콩알만 해서 쏙 빠진 거야. 내가 그렇게 뒤탈 없고 안전하다고 해도 겁쟁이라 도망친 거지. 그러면서 비겁하게 걸친 다리는 쏙 빼고 네놈이 죽기만 바라고 있겠지."

"아니야. 그럴 리가 없어. 믿지 못하겠어…… 왜 그런 거짓말을 하는 거지?"

인수의 말에 장우식의 표정이 분노로 뒤바뀌었다.

"뭘 못 믿겠다는 거야? 내가 지금 거짓말한다고?"

인수가 고개를 끄덕였다.

"이 새끼가! 네놈이 잘났으면 뭐가 그렇게 잘난 거야? 와! 지금 당장이라도 모시고 와서 확인시켜 주고 싶네. 아니? 그렇게 잘난 놈이 눈치도 못 챘단 말이야?"

"뭘?"

"뭐가 뭐긴 뭐야! 이 멍청한 놈아! 민정수석이 널 그렇게 죽이고 싶어서 안달이 났었다고!"

"장우식…… 네가 착각하고 있는 거야. 일을 하다 보니 의견 차이가 있었을 뿐…… 그런 악한 감정을 가지고 계실 분은 아니야."

"킥킥킥! 킥킥킥킥!"

마스크에 가려진 장우식의 얼굴이 악마처럼 뒤틀렸다. 비웃음만 계속 새어 나왔다.

그렇게 인수의 말을 한참 동안 비웃던 장우식이 정색하며 말했다.

"난 있잖아, 널 정말 부러워했었다. 나도 너처럼 천재면 얼마나 좋을까? 칭송과 극찬을 받는 널 지켜보며 그런 생각을 했었지. 근데 말이야. 너 바보구나?"

"……."

"박재영은! 지금 이 순간만 빠진 거야! 화려한 피날레를 맞이할 용기가 없어서 도망친 거라고! 알아? 다 지켜보고 있었어!"

"뭘?"

"네놈을 납치하는 과정을 실시간으로 지켜보고 있었다고! 아직도 뭐가 뭔지 모르겠어? 아직도 두둔하고 싶어?"

인수가 충격에 빠져들었다. 고개를 돌려 멍한 눈으로 거울을 보았다. 저 거울 뒤에 박재영이 있을 것만 같았다.

"표정을 보아하니 정신 차렸네. 그렇다면 이제부터가 진짜 시작이야."

"……?"

장우식이 거울 밖으로 손가락을 튕겼다.

밖에서 밀실을 지켜보고 있던 영호가 행동대장에게 전화를 걸었다. 인수의 집을 공격하라는 신호였다.

"꼴에 검찰이라고 압수수색영장 가지고 탈탈 터니까 재미있었지? 이제부터는 내가 네 가족들을 탈탈 털어 주마.

너를 죽이고 싶어 하는 인간들이 그 장면을 보면 얼마나 좋
아하겠어?"

"이제 그만하자."

"뭘 그만해? 이제 시작이라니까? 박재영 그 양반이야 없
어도 돼. 어차피 그 양반은 여기 올 배짱을 가진 양반이 아
니거든."

"그건 우식이 네가 일을 잘 못 해서 그런 거지. 참으로 싱
거운 녀석 같으니라고."

"⋯⋯?"

인수의 눈빛이 정상으로 되돌아왔다. 몸을 제압하고 있
던 족쇄들이 저절로 풀어지고 있었다.

"확보했으면 신호 보내 봐. 예스 3. 노 1."

"너 지금 누구한테 얘기하냐?"

인수는 장우식의 질문에 씩 웃는 것으로 대답을 대신했
다. 인수가 침대에서 몸을 일으키는 그때, 불빛이 세 번 깜
박거렸다.

"밖에도 잡아야지. 시작해."

깜박, 깜박, 깜박.

거울 밖에서 지켜보고 있던 영호가 화들짝 놀랐다.

바로 그 순간, 실내는 캄캄해지고 밖이 더 밝아지며 영호
가 유리창을 통해 훤히 보였다.

"잡았어?"

깜박, 깜박, 깜박.

불빛이 또 세 번 깜박거리는 그때였다. 밖에서 소란이 일어나며 한바탕 다투는 소리가 들려왔다.

유정이 이끄는 검찰수사관들이 밖을 지키고 있는 놈들을 일망타진하고 들어오는 순간이었다.

"모두 꼼짝 마세요. 대검찰청 부패범죄특별수사단에서 나왔습니다. 어? 우리 영호 오랜만이네?"

"......"

영호는 유정을 보고는 깜짝 놀랐다. 유정이 씩 웃었다.

"어이구 한심한 놈아. 어째 너는 나이를 먹고도 그 모양이냐? 좀 봐라? 응? 너 자신을 좀 보라고."

유정이 턱짓으로 거울에 비친 영호를 가리켰다.

영호가 그 거울을 보았다. 이제는 반대로 거울이 되어 버린 유리를 통해 자신의 얼굴을 보고 있는 것이었다. 그 얼굴은 반대편 밀실 안의 장우식에게 말하고 있었다. 다 끝났다고. 뭐에 미쳤는지 모르겠지만, 미쳐도 너무 미쳐서 다시는 돌이킬 수 없는 짓을 하고 말았다고. 그것도 감히, 다른 사람도 아닌 인수를 상대로 제대로 미친 짓을 한 것이라고.

하지만 이대로 끝내고 싶지는 않았다. 이대로 끝내기에는 너무나도 허망했다.

"킥킥킥. 야, 서유정. 다 죽고 싶어?"

"응?"

"그래, 알아. 넌 예전부터 날 무시했었지. 씨발 졸라 싸가지 없이 날 대놓고 무시했었어. 하지만 지금은 아니야. 까불지 마. 그렇게 계속 날 무시했다가는 진짜 무서운 일이 일어난다고. 킥킥킥."

"우리 영호 무슨 끔찍한 말을 그렇게 귀엽게 하고 있는 거야?"

"난 지금 인수 가족을 붙잡고 있어. 내 말 한마디면 다 끝장이라고. 그들을 살리고 싶으면 일단 여기에서 물러나. 마지막 경고야."

"아, 그러셔?"

풋 하고 웃어 보인 유정이 전화를 꺼내 통화 버튼을 눌렀다. 그러고는 스피커폰을 켠 채 전화기를 영호에게 건넸다.

◇ ◆ ◇

민식은 불꽃과 함께 뚫리고 있는 현관문 앞에서 목검을 바로 잡았다.

밖의 상황을 지켜볼 수 있는 모니터 화면에는 눈만 보이는 강도 복장을 한 수십 명의 건달들이 쇠파이프와 회칼을 들고 문이 열리기만을 기다리고 있는 모습이 담겨 있었다.

민식의 뒤에서 김영국이 벌벌 떨며 112에 신고하려고 하자, 민식이 뒤돌아 소리쳐 말렸다.

"신고하시면 안 된다니까요! 저를 믿으세요!"

"왜 안 된다는 거야? 지금 이 상황에서 대한민국 경찰을 못 믿으면 누굴 믿으라는 거야?"

"제가 있습니다. 그리고 사부님께서 말씀하시길 경찰 병력이 동원되면 법정 공판을 주도해 나가는 데 있어서 문제가 발생한답니다. 그러니까 절 믿어 주시길 바랍니다! 일망타진하겠습니다!"

인수가 대한민국의 경찰을 못 믿어서가 아니었다.

대한민국 검사 납치 및 살해 계획과 그 가족까지 공격하는 이 거대한 사건에서 경찰이 개입되어 검경합동수사가 진행되면 박재영에게 유리해질 수 있다는 것을 염두에 둔 것이었다.

특히나 지금까지의 모든 계획 과정이 증거로 제출될 경우, 영상의 녹화 과정에 참여한 윤철에게도 불리하게 작용할 수 있기 때문이었다.

쿠가가각! 콰앙!

현관문이 강제로 부서졌다.

영호의 명령을 받고 쳐들어온 수십 명의 건달들이 우르르 밀려들어 왔다.

쒜애애액!

첫 번째로 들어온 놈이 민식의 찌르기에 정통으로 목을 찔렸다.

"컥!"

놈은 목을 붙잡고는 그대로 주저앉았다. 그 양쪽으로 두 놈이 몸을 비집으며 민식에게 달려들었다.

민식의 죽도가 수직으로 내려와 오른쪽 놈의 정수리에 박혔다.

빠아악!

마치 수박이 터지며 양쪽으로 갈라지는 것만 같았다.

놈은 눈이 뒤집어지며 그대로 고꾸라졌다.

쇄새새색!

목검이 수평으로 허공을 가르며 왼쪽에서 달려든 놈의 광대뼈를 노렸다.

파하앙!

목검으로 광대뼈를 얻어맞은 놈의 고개가 획 돌아갔다. 광대뼈가 부러지다 못해 터지는 소리가 울려 퍼졌다. 세 놈이 동시에 쓰러지며 길목을 막자, 뒤에서 밀려들어 오던 놈들이 주춤했다.

"뭐 해!"

놈들은 다시 정신을 차렸다. 한 놈이 동료를 짓밟고는 뛰어올라 몸을 날렸다. 민식을 붙잡기 위해서였다.

하지만 민식의 표정은 여유가 있었다.

민식이 한 발을 뒤로 물리며 목검을 사선으로 그었다.

빠아악!

목검이 놈의 팔을 잘라 버리듯 그을 때, 뼈가 부러지는 소리가 실내에 울려 퍼졌다.

"꺄아악!"

하지만 민식의 뒤에서 가족들이 비명을 내지르며 우왕좌 왕하자 민식도 평정심을 잃었다.

"방으로 들어가세요!"

민을 번쩍 안아 든 박지훈이 가족들을 이끌어 방 안으로 들어가더니, 문을 잠그며 자신은 밖으로 다시 나왔다.

"오메! 저 양반이 뭐슬 할 줄 안다고! 어째 저런다냐!"

김선숙이 다시 밖으로 나가는 남편을 향해 소리치자, 김 영국도 벌떡 일어섰다. 하지만 밖으로 나가지는 못했다.

"이놈들아!"

박지훈이 뒤에서 소리치며 골프채를 붙잡고는 달려들었 다.

"아이고!"

민식이 뒤돌아보고는 한숨을 내쉬었다. 오히려 방해가 될 것 같았기 때문이었다.

그때 거실에 발을 내딛은 한 놈이 민식을 향해 돌진해 왔 다. 민식의 목을 노리고 회칼이 휘둘러졌다.

민식은 허리를 굽혀 상체를 낮추며 피했다. 회칼이 상투 를 날려 버리는 것처럼 민식의 머리카락을 잘랐다.

'힉!'

민식은 아찔했다.

검정색 머리카락이 슬로우 화면처럼 허공에서 흩날렸다.
민식이 상체를 일으키며 목검을 위로 찔렀다.

쒜애애액! 콰직!

회칼을 휘두른 놈이 민식의 목검에 목이 걸려 공중에 뜬
채로 두 발을 바동거렸다.

"커컥!"

그때 놈이 토한 피가 목검을 따라 흘러내렸다.

휘리릭! 파박!

목검을 다시 거두는 과정에서 피를 털었다. 손목을 한 번
비틀었을 뿐인데, 목검의 움직임이 마치 살아 있는 동물과
도 같았다. 목검을 적셨던 피가 순식간에 사라지고 없었다.
바동거리던 놈이 바닥에 떨어졌다.

놈들은 똑똑히 보았다. 목검을 다루는 것이 진검을 다루
는 것과 똑같아 보였다.

피를 터는 동작 하나만 보아도, 자신들의 상대가 아니라
는 것을 확인한 것이었다.

"한꺼번에 덤벼!"

하지만 숫자에서 밀릴 수는 없었다. 놈들이 정신을 차리
고는 우르르 밀려들어 왔다.

민식이 뒤로 물러서며 거실 중앙을 차지했다.

박지훈은 가족들이 피신한 방문 앞을 지켰다. 골프채를

든 채 발발 떨며…….

민식을 포위한 강도 복장의 놈들은 박지훈에게는 관심조차 갖지 않았다. 그저 민식을 노리고 있을 뿐이었다.

모두 8명.

"그 얼굴 답답하지 않아?"

민식의 여유 있는 질문에 그 누구도 대답하지 못했다.

"지금부터 아주 엄청난 장면을 보게 될 건데, 후회하지 말고 똑바로 봐."

민식이 고개를 돌려 방문 앞을 지키고 있는 박지훈을 보았다.

"아저씨 바닥이 좀 파일 겁니다. 먼저 양해를 구합니다."

"……?"

박지훈이 골프채를 꼭 움켜쥐며 고개를 갸우뚱했다.

바로 그때였다.

민식이 목검을 바닥에 툭 내려놓았다. 그러자 놈들도 수상한 표정으로 민식을 주시하며 공격할 틈을 엿보았다.

"후웁!"

이미 이럴 때를 대비해 인수에게 전수받은 노부의 호흡으로 내공을 쌓은 상태였다.

"없애버려!"

순간 터져 나온 일갈과 함께, 놈들이 일제히 민식을 향해 공격하기 시작했다.

민식을 포위한 8명이 각자 달려드는 그때였다.

민식의 발이 지면을 쓸었고, 상체가 오뚝이처럼 눕혀지며 용수철처럼 휘감아졌다.

그리고 그 용수철이 팅 하고 풀리는 순간.

티잉!

보이지가 않았다.

파박! 퍼버버벅! 퍼벅, 픽! 픽! 퍼억, 픽! 파항!

주먹과 발이 미친 듯이 터져 나와 놈들에게 박혔다.

잠룡승천.

얻어맞는 놈들은 똑똑히 보았다.

똬리를 튼 채 잠들어 있던 한 마리의 용이 몸을 풀며 승천하는 형상이 그들의 눈앞에서 그려지고 있었다.

박지훈도 멍한 표정으로 그 믿을 수 없는 광경을 바라보고만 있을 뿐이었다.

더군다나 눈 깜짝할 사이에 상황이 종료되었다. 놈들은 모두 나자빠진 상태로 끙끙거리며 몸을 일으키지 못하고 있었다.

호흡과 함께 초식을 거둔 민식이 자신의 발아래와 사방벽을 바라보았다.

마치 외계생명체가 손톱으로 긁은 듯 파여 있는 흔적이 여기저기에 역력했다.

그 흔적은 불규칙해 보였지만, 하나의 통일된 형상을 유지하고 있었다.

"성공했네."

그것은 바로 포효하는 용의 형상이었다. 거실 바닥과 벽 사방에 새겨진 흔적들은 한 마리의 용이었다.

"우와!"

그때 민식은 민을 보았다.

그가 초식을 펼칠 때, 민이 열린 문틈 사이로 그 과정을 지켜보고 있었던 것이었다.

"삼촌! 어떻게 한 거예요? 저도 가르쳐 주세요!"

"으응? 이거 민이 네 아빠한테 배운 건데……"

"울 아빠요? 우와!"

박지훈은 옆에서 두 눈만 깜박거리고 있을 뿐이었다.

그때 쓰러져 있는 놈의 호주머니에서 전화기가 울렸다.

"여보세요?"

민식이 전화를 받았다.

◇ ◆ ◇

[여보세요?]

"누구냐? 넌!"

[누구긴. 여기 다 끝났어, 이 자식아. 콩밥 먹을 준비나 해.]

"민식이냐?"

[응! 내가 다 때려잡았어!]

"그래. 잘했어."

영호가 전화기를 든 손을 달달 떨었다.

영호는 이제 다 끝났다고 생각했다. 모든 것을 깨닫고 포기한 상태였지만, 장우식은 아니었다.

손에 쥐고 있던 리모컨을 누르려는 그때, 유정이 그 손목을 비틀고는 리모컨을 빼앗았다.

"증거품으로 압수합니다."

퍼어억.

장우식의 소중한 곳을 걷어찬 유정의 발이 연이어 영호의 복부를 가격한 순간, 영호는 숨을 쉴 수가 없어 입을 벌렸다.

유정이 그 벌어진 턱을 붙잡고는 어금니를 빼냈다.

어금니 안에 박혀 있는 빨간색 캡슐을 확인한 유정이 카메라를 향해 오케이 사인을 보냈다.

깜박, 깜박, 깜박.

불빛이 또 세 번 깜박거리고 있었다.

인수가 밀실 안에서 밖으로 나왔다.

빡빡 밀린 인수의 머리를 마주하자 유정의 턱이 저절로 벌어졌다.

"많이 참았네?"

"응. 나 진짜 많이 참았어."

"우와. 진짜 많이 참았네. 머리까지 다 빡빡 밀리고."

"뭐 참은 보람이 없진 않았으니까."

"충분한 거야?"

"충분하지."

"그럼, 됐네."

"그래."

뒷정리를 부탁한 인수는 먼저 밖으로 나갔다.

이내 화이트존과 함께 마법진이 생겨났고, 인수의 몸이 그 마법진 안으로 빨려들며 사라졌다.

제83장. 공판

트리니티 레볼루션
Trinity Revolution

제83장. 공판

인수의 서재.

마법진과 함께 인수의 몸이 솟구쳐 올라왔다.

문을 열고 밖으로 나가 보니, 민식이 혼자서 잘 처리해
놓은 상태였다. 놈들은 모두 굴비처럼 포승줄에 줄줄이 묶
인 상태로 무릎을 꿇고 있었다.

"어! 아빠! 어……."

"아들!"

인수가 두 팔을 벌리자, 달려오던 아들이 속도를 줄이며
고개를 갸우뚱거렸다. 인수에게 안기면서도 얼굴을 보고
또 보았다.

"아빠, 머리 언제 깎았쩌? 스님됐쩌?"

"하하하! 이상해? 시원하게 깎은 건데?"

"이상해."

"많이 이상해?"

"네."

민이 매우 마음에 안 든다는 표정으로 대답했다. 정말 마음에 들지 않았기 때문이었다.

세영을 비롯한 온 가족이 벌어진 상황에 놀란 상태에서 인수의 빡빡 밀린 머리까지 보고 있노라니, 울컥하며 올라오는 감정들을 추스르질 못했다.

"걱정 마세요. 다 끝났어요."

가족들을 안심시킨 인수는 이채영 단장에게 전화를 걸었다.

"네. 상황 종료되었습니다. 피의자 박재영, 장우식을 대한민국 검사 납치 및 독극물 계획 살해 혐의로 기소하겠습니다. 피해자는 저, 박인수입니다. 그 전에 먼저 해야 할 일이 있습니다. 케이스 이관되지 않게 힘써 주시길 바랍니다."

[당연하지.]

◇ ◆ ◇

엠비엠 사령탑이 발 빠르게 나서 특종을 보도했다.

[민정수석 박재영, 백학의 3세 장우식과 함께 박인수 검사 납치 및 계획 살인 공모하다.]

대권이 확실했던 박재영.

대한민국에서 가장 잘나가던 그가 무슨 연유로 재벌 3세와 손을 잡고 신임했던 수하를 제거하고자 했던 것인가?

엠비엠은 증인으로 민경욱 박사와 국과수 직원을 뉴스룸에 초대했다.

민경욱 박사는 국민 여러분께 죄송하다는 말을 시작으로 백학메디컬이 자랑한 포스트 게놈 프로젝트를 비롯한 장기 복제 수술의 연구 성과는 모두 조작된 것임을 밝혔다. 또한 길고양이 집단 죽음도 자신이 만든 독극물에 의한 것임을 시인했다.

국과수 직원은 박재영이 두 번이나 직접 찾아와 검출되지 않는 독극물에 관한 것을 문의했다고 밝혔다.

인수는 모든 증거자료를 엠비엠에 건네준 상태였다.

대포폰으로 장우식과 통화한 내역도 방송을 통해 밝혀졌다.

거기에는 박재영이 인수가 납치당하는 과정을 차 안에서 지켜보고 있는 장면도 포함되었다.

이를 지켜보던 국민들은 말 그대로 충격에 사로잡혔다.

납치된 박인수 검사의 머리가 실험실에서 모두 잘려 나갔고, 장우식과 박인수 두 사람의 대화가 여과 없이 방송에 내보내졌다.

그중에서도 모두가 분노한 부분은 바로 박인수 검사가 살려 달라고 애원하는 부분이었다.

대한민국의 검사가, 그것도 지금까지 고위공직자의 부정부패와 맞서 싸워 왔던 박인수 검사가 살려 달라고 애원하는 것이었다.

[와, 나 정말 모르겠어? 진짜 서운한데?]

[누구……]

[나야. 우식이. 킥!]

[장…… 우식?]

[그래! 장우식! 이제 알겠어?]

[백학고 장우식?]

[그렇다니까.]

[왜 나를……]

[왜긴 뭐가 왜야? 이렇게 만나니까 반갑지 않아?]

[하아…… 하아…….]

[흠. 이제 정상으로 돌아왔군.]

[우식아…….]

[말은 똑바로 해야지. 다시 불러 봐.]

[우식아…….]

[정신 못 차렸네. 살고 싶으면 형님 하고 불러 봐.]

[형님…… 우식이 형님…….]

[그래.]

[살려 주세요……]

[잘 들어. 이거 보이지?]

[자, 이 실험 컵 안에 담긴 혈액이 바로 네놈의 몸에서 뽑아낸 혈액이야. 이 빨간색 캡슐을 여기에 터트리면 네 피가 어떻게 바뀌는지 잘 보라고]

[살려 주세요. 제발 살려 주세요.]

[아니. 일단 보라고]

이 모든 장면이 고화질 영상으로 온 세상에 퍼진 것이었다.

◇ ◆ ◇

박재영의 집.

소주병이 나뒹굴었다. 안주도 없었다. 그저 빈 소주병만이 박재영의 발 앞에 널려 있었다.

전화기가 계속 울려 댔지만, 박재영은 소파에 등을 기댄 상태로 바닥에 앉아 멍하니 허공을 바라보고 있을 뿐이었다.

〈연실〉

다음으로는 큰아들, 그리고 둘째 아들.

전화기가 계속 울렸지만, 박재영은 뉴스를 틀어 둔 상태로 멍하니 앉아만 있을 뿐이었다.

TV에서는 서울지방법원 영장심사부장판사의 공식입장이 보도되고 있었다.

"범죄의 소명이 있고 범행 후 여러 정황에 비춰 증거인멸과 도주의 우려가 있어, 본 법정은 피의자 박재영과 장우식의 구속수사영장을 발부한다."

박재영이 리모컨을 들어 TV를 껐다. 시커먼 TV 화면에 퀭한 눈으로 망연자실해하고 있는 자신이 비춰졌다.

끝났다. 참으로 보잘것없어 보였다. 모든 것이 다 날아가버렸다. 더 이상 살아갈 의미를 그 어디에서도 찾을 수가 없었다.

쾅쾅쾅!

그때 밖에서 현관문이 울렸다.

"대검에서 나왔습니다. 문 여세요!"

쾅쾅쾅!

박재영은 그 특유의 무표정한 얼굴로 우두커니 전화기를 바라볼 뿐이었다.

〈큰아들〉

갑자기 큰아들의 목소리가 듣고 싶었지만, 박재영은 전화를 받지 않았다.

몸을 일으켜 문을 열어 주었다.

◇ ◆ ◇

박재영이 검찰 포토라인에 섰다. 의외로 단정했고, 밝은 모습이었다.

대한민국 역사상 검찰 포토라인에 이렇게 많은 기자들이 모여 취재 열기를 뿜어낸 적은 없었다.

박재영은 기자들을 향해 여유 있게 웃었다.

"어디까지가 진실입니까?"

"대답해 주세요!"

"박인수 검사를 왜 죽이려고 한 것입니까?"

"백학메디컬의 장우식 사장과 함께 살인을 공모한 것이 사실입니까?"

"이유를 밝혀 주십시오!"

박재영이 여유 있는 웃음으로 입을 열었다.

"국민 여러분, 제가 그럴 사람입니까? 이 모든 것은 모함입니다. 해 뜨기 전이 가장 어둡다는 말이 있습니다. 어둡기만 했었던 대한민국의 정의가 바로잡혀 환해지기 위한 직전의 진통입니다. 검찰에서 모든 것이 밝혀질 것입니다."

박재영이 안으로 들어서자, 응원 부대가 응원의 함성을 보내왔다.

"감사합니다."

그들을 향해 손을 들어 화답하던 박재영이 포토라인을 벗어나기 직전, 그의 시야에 연실과 두 아들들의 모습이 들어왔다.

하지만 박재영은 그들을 외면한 채 포토라인을 벗어나 안으로 들어설 수밖에 없었다.

◇ ◆ ◇

서울지방법원 211호. 사건번호 제8779 공판현장.

머리가 조금 자라난 인수가 공판검사로 앞에 섰다.

"존경하는 재판장님, 본 검사는 지금부터 용기를 내려고 합니다."

인수가 뒤돌아 방청객들에게도 머리를 숙여 인사했다.

연실과 진환, 그리고 진석이 슬픈 얼굴로 인수와 눈을 마주쳤다.

이미 죄수복을 입은 박재영은 장우식과 최영호와 나란히 피고인석에 앉아 있었다.

백학의 장 씨 남자들은 창피하고 부끄럽다는 입장 표명과 함께 단 한 명도 나오지 않았고, 장우식의 어머니를 비롯한 몇 명의 여자들만이 초특급 변호인단을 앞세운 실무진을 대동해 참석했다.

"피고인 박재영에게 단도직입적으로 묻겠습니다."

박재영이 고개를 들어 인수와 눈을 마주쳤다.

"피고인은 본 검사를 왜 죽이려고 했습니까?"

"그런 사실 없습니다."

"사실을 말하세요."

"사실입니다. 그런 사실 없습니다. 저는 박인수 검사를 포함한 그 누구도 죽이려 한 적이 없습니다."

"알겠습니다. 재판장님, 증거를 제출합니다."

"변호인석 이의 있습니까?"

변호인석에서 고개를 저었다.

"알겠습니다. 재생하세요."

인수가 눈짓을 하자, 이채영이 증거 음성을 재생했다.

[뭐가 뭐긴 뭐야! 이 멍청한 놈아! 민정수석이 널 그렇게 죽이고 싶어서 안달이 났었다고!]

장우식의 목소리가 터져 나오자, 방청객이 술렁거렸다. 연실은 두 눈을 감고 말았다.

[장우식…… 네가 착각하고 있는 거야. 일을 하다 보니 의견 차이가 있었을 뿐…… 그런 악한 감정을 가지고 계실 분은 아니야.]

[킥킥킥! 킥킥킥킥! 난 있잖아. 널 정말 부러워했었다. 나도 너처럼 천재면 얼마나 좋을까? 칭송과 극찬을 받는 널 지켜보며 그런 생각을 했었지. 근데 말이야. 너 바보구나? 박재영은! 지금 이 순간만 빠진 거야! 화려한 피날레를 맞

이할 용기가 없어서 도망친 거라고! 알아? 다 지켜보고 있었어!』

『뭘?』

『네놈을 납치하는 과정을 실시간으로 지켜보고 있었다고! 아직도 뭐가 뭔지 모르겠어? 아직도 두둔하고 싶어?』

박재영이 두 눈을 질끈 감고 말았다. 그 옆에 위치한 장우식은 두 눈만 멀뚱거리며 '이걸 다 어떻게 녹음했지?' 라고 표정으로 인수를 바라볼 뿐이었다.

인수가 재판장을 향해 말했다.

"이상입니다."

"이의 있습니다!"

박재영의 변호인석에서 변호인이 소리치며 일어섰다.

"말씀하세요."

"모든 동영상과 음성은 변조가 가능합니다. 지켜보았다? 그 사실을 입증할 수 있는 증거가 어디에 있습니까?"

그때였다. 인수가 재판장에게 비닐에 감싸인 노트북과 전화기를 증거품으로 제출했다.

"재판장님, 지금 제출하는 노트북과 전화기가 바로 그 증거입니다. 증거물로 제출합니다."

박재영의 두 눈이 동그래졌다. 침착함을 유지했었던 평정심이 무너졌다.

자신은 분명 차를 몰고 가다가 길거리 어딘가에서 밖으로 내던져 버렸었다.

한데 그것들이 지금 인수의 손에 들려 있으니, 이 상황을 쉽사리 받아들일 수 없었다.

다만 박재영이 알지 못하는 것이 있었다.

그의 뒤를 따라붙은 유정이 물건의 회수에 성공한 것이었다.

노트북과 전화기에는 박재영의 지문이 묻어 있었고, 그 안에는 박재영이 지켜본 영상이 윤철에 의해 심어진 상태였다.

"이의 있습니다!"

변호인이 또 벌떡 일어섰다.

"말씀하세요. 받아들이지 말라는 말은 기각합니다."

"아닙니다. 그 증거물의 출처가 의심스럽습니다. 저 노트북과 전화기가 누구의 것이란 말입니까? 충분히 조작할 수 있다고 본 변호인단은 판단합니다."

"맞습니다."

재판장이 변호인의 말에 손을 들어 주었다.

그러자 인수가 말했다.

"다음 영상을 증거로 제출합니다."

변호인석과 방청석이 또 술렁거렸다.

영상이 틀어졌다. 그 영상 안에는 박재영이 병원 사물함에서 노트북과 전화기를 꺼내는 장면이 펼쳐지고 있었다.

박재영은 두 눈을 감고 말았다.

변호인단도 아찔하다는 표정으로 한숨을 내뱉고 말았다.

"같은 노트북과 전화기입니다. 지문이 입증하고 있고, 과학적인 분석을 통해 동일한 물품임이 밝혀졌습니다. 추가 증거를 제출합니다."

증거를 건네받는 재판장도 표정이 어두웠다.

이미 끝난 게임이기 때문이었다.

"난 이 사람들을 몰라! 알지도 못하는 사람들과 무슨 계획을 짜고 무슨 공모를 했다는 거야!"

박재영이 장우식을 보며 소리쳤다.

"수석님, 왜 그러세요?"

장우식이 대뜸 말하자, 또 다시 실내가 술렁거렸다.

"피고인 박재영에게 다시 묻겠습니다. 왜 본 검사를 죽이려고 했습니까?"

"그런 사실 없어! 그런 사실 없다고!"

"이렇게 증거가 완벽한데 계속 위증하실 겁니까?"

"그런 사실이 없으니까 없다고 하는데 뭘 위증이라는 거야! 난 없어! 그런 적 없다고!"

"재판장님. 법정 모독죄 추가합니다."

"받아들입니다."

"허, 참 나. 뭔 말을 못하겠네."

박재영이 어이가 없다는 표정으로 입을 꾹 닫았다.

"피고는 대답하세요."

"뭐?"

재판장이 인수를 대신해 또 묻자, 박재영의 표정이 분노로 가득 찼다.

"왜 박인수 검사를 죽이려고 한 겁니까? 대답하세요."

"그런 사실 없다고 답변했습니다."

"증거가 충분합니다. 대답하세요."

박재영이 한숨을 푹 내쉬더니, 뒤를 돌아보았다.

연실, 그리고 두 아들들과 시선이 교차했다. 그리고 서한 철과도 눈이 마주쳤다.

"아들 같은 녀석을 내가 왜 죽이려고 하겠습니까? 그런 사실 없습니다. 추호도 없습니다."

"그렇다면 납치 과정을 왜 지켜보았습니까?"

"아니, 그건……."

"이의 있습니다!"

변호인이 재빨리 박재영의 입을 막았다.

방청객이 술렁거리자, 박재영은 입을 꾹 닫아 버렸다.

"지금 검찰은 피고인을 몰아붙이고 있고 유도심문을 하고 있습니다!"

"기각합니다. 대답하세요."

재판장의 단호한 말에 술렁이던 실내가 고요해졌다.

모두가 박재영의 대답을 원했다.

방송 매체를 통해 드러난 내용만으로도 박재영이 박인수를 죽이려고 했다는 것이 기정사실이었기에, 도대체 왜 죽이려고까지 했는지가 궁금할 뿐이었다.

박재영은 사실 무근을 주장했지만, 분위기가 이렇게 모여지니 결국은 입을 열 수밖에 없었다.

"죽이려고 한 적 없습니다. 사실과 전혀 다릅니다. 그런 사실 없습니다."

"피고인! 지금 본 검사의 질문은 도대체 왜 본 검사를 죽이려고 했냐는 것입니다. 질문의 핵심을 회피하지 마세요."

"그런 사실이 없다니까! 몇 번을 말해야 돼!"

"피고인!"

인수가 소리를 질렀다. 내공을 사용하지도 않았다. 하지만 그 목소리에는 압도적인 힘이 실려 있었다.

삭발에 가까운 머리와 날카로운 눈매, 그리고 그 목소리에 실려 있는 숭고함과 진지함으로 인해 모든 사람들을 압도해 버린 것이었다.

박재영이 화들짝 놀랐다. 기가 완전히 꺾여 버렸다.

"……."

"본 검사가 질문을 하면 피고인은 대답을 하세요! 피고인!"

"네……."

며칠 전만 해도 대한민국의 민정수석으로 온 국민의 지지를 받았었고, 고위공직자와 정치권 인사들 그리고 재벌들이 꼼짝하지 못했던 한 남자가 이제는 공판검사에게 움츠러들고 있다는 사실에 모두가 놀라고 있었다.

박재영이 대답했지만, 인수는 더 이상 말하지 않고 노려만 보고 있을 뿐이었다.

그렇게 정적만이 흐르고 있는 가운데, 인수가 무겁게 입을 열었다.

"피고인."

다시 부르는 나지막한 소리에 박재영이 고개를 바로 세우고는 대답했다.

"네."

"피고인이 왜 피고인입니까?"

"이의 있습니다!"

"기각합니다. 피고인은 대답하세요."

"공소가 제기된 자이기 때문입니다."

"공소는 왜 제기되었습니까?"

"이의 있습니다! 본 변호인단은 휴정을······."

"기각합니다. 대답하세요."

"형사책임을 져야 하기 때문에 공소가 제기되었습니다. 하지만 저는 그런 사실이 없습니다."

"피고인의 대답처럼 그런 사실이 없는 것이 아니라 그런 사실이 있다고 확인이 되었으니까 구속영장이 발부되었고! 피고인은 피고인의 신분으로 지금 그 자리에 앉아 있는 것입니다! 그만 회피하세요! 본 검사가 다시 묻겠습니다. 왜 나를 죽이려고 했고, 왜 나를 죽이고 싶었습니까? 대답하세요!"

"그래! 네놈이 싸가지가 없으니까!"

박재영이 벌떡 일어서며 소리쳤다. 손가락에 힘을 꾹 주고는 인수를 똑바로 가리켰다.

"이의 있습니다!"

"기각합니다!"

"이의 있습니다! 유도심문입니다!"

"기각합니다!"

"재판장님! 본 변호인단은 휴정을 원합니다!"

"기각합니다. 대답하세요."

"재판장님! 이의 있습니다! 이의 있다고요!"

"기각합니다. 기각합니다! 계속 그러면 법정모독죄 추가합니다. 피고인 대답하세요."

박재영의 얼굴이 무표정하게 바뀌었다.

연실이 울음을 터트리고 말았다. 큰아들 진환도 두 눈을 감고 말았다.

박재영이 침을 꿀꺽 집어삼켰다.

그리곤 한숨과 함께 무겁게 입을 열었다.

말을 마친 그가 그가 고개를 돌리자 서한철과 눈이 마주
쳤다.

'형님……'

서한철의 눈빛은 이제 제발 그만하고 용서를 구하라고
말하고 있었다.

트리니티 레볼루션
Trinity
Revolution

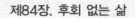

자리에 앉으려던 박재영의 시선이 울고 있는 연실을 향했다.

큰아들 진환과 눈이 마주쳤다. 아들의 눈빛을 정확하게 읽은 것은 지금이 처음인 것만 같았다.

큰아들의 눈빛은 안쓰러움 그 자체였다.

"후!"

박재영이 자리에 앉으며 무거운 한숨을 내뱉자 실내가 고요해졌다. 이제 곧 판도라의 상자가 열릴 것이고, 그 상자가 열리면 엄청난 것이 튀어나올 것이라는 확신에 긴장하고 있는 것이었다.

변호인단은 이대로는 끝장이라고 판단했다. 변호인 대표가 벌떡 일어나 박재영에게 달려와 팔을 붙잡고 말렸다.

"수석님, 저 믿으세요. 이런 모습 보여 주려고 저를 끌어들인 겁니까? 우리 회사 체면이 뭐가 됩니까? 지금 이 순간만 넘기면 다 끝납니다. 사법부 사람들도 다 우리 편입니다. 말려들지 마세요."

"변호인 대표는 자리에 앉으세요."

"알겠습니다."

재판장의 주의에, 변호인 대표는 제자리로 돌아가는 와중에도 박재영을 향해 한마디를 더 남겼다.

"휴정 이끌어 낼 테니까, 흔들리면 안 됩니다. 그런 사실 없다고만 대답하세요."

변호인 대표가 자리로 돌아가 앉았다.

"피고인 대답하세요."

재판장이 말하자, 박재영의 얼굴에 씁쓸한 미소가 번졌다.

"나, 박재영."

박재영이 말하며 자리에서 일어섰다. 하지만 더 이상 뒤는 돌아보지 않았다. 지금부터 하는 말은 당신들에게는 해당되지 않는다는 뜻이기도 했다.

죄수복 차림의 그는 아무리 이런 꼬락서니라고 해도 지금 자신을 지켜보는 모두에게 당당한 모습을 보이고 있을 것이라는 착각을 하고 있었다. 하지만 그의 뒷모습은 초라

하기 그지없을 뿐이었다.

"지금까지 살아오며 단 한 푼도 받아 처먹은 사실이 없다."

"피고인은 언어 사용에 신중하시기 바랍니다."

재판장이 말하자, 박재영의 두 눈이 희번덕거렸다.

"너."

재판장이 깜짝 놀랐다.

"너는 털어서 먼지 안 나와?"

"피고인!"

"시끄러! 여기 털어서 먼지 안 나오는 놈이 누가 있어? 네놈들이 과연 자격이 있다고 생각해? 말해 봐! 여기 법무법인에게 얼마 받았어?"

변호인단석에서 대표가 아찔하다는 표정으로 두 눈을 질끈 감고 말았다.

"피고인! 그만하세요!"

"뭘 그만해? 다들 썩었어! 썩지 않은 곳이 없어! 결국엔 그놈들이 다 그놈들이야! 그 나물에 그 밥이라고! 모두가 다 돈에 얽혔고, 돈이라면 환장해! 돈의 노예들이야! 내 한평생 하늘을 우러러 부끄럼이 없는 깨끗한 검찰로 살아왔다! 그것이 내 신념이었어! 난 내 신념을 지켜! 그게 내가 사는 이유야! 내가 여기에서 사형을 선고받아도 난 내 신념을 지킨다고! 네놈들이 뭘 알아? 신념이란 게 있기나 해? 있다고 착각하겠지! 여기 있는 네놈들의 신념은 다섯 살짜리 계집아이의 머리카락만도 못해! 그런 게 신념이야? 그러니까 이 나라가 이 모양 이 꼴인 거야!"

방청객이 술렁거렸다. 박재영의 말에 동의한다는 듯 고개를 끄덕이는 사람들이 제법 많았다.

재판장이 골치가 아프다는 표정으로 머리를 흔들었다. 당장 중단시켜야 하지만, 방청석의 분위기를 보아하니 그러기에는 뭔가 억울했다.

받기는 뭘 받았단 말인가?

이런 생각에 빠져 있는 그때, 박재영이 다시 말했다.

"이놈을 잡아넣으려고 하면 이놈이 엮여 있고, 이놈을 봐주려다 보면 저놈이 걸려! 대통령부터 시작해 검찰부터 정치권에 재벌들까지 모두 다 서로 얽히고설켰어! 이 모든 것을 오픈하면 상처받고 피해보는 건 국민뿐이야! 국민의 피 같은 혈세를 자기들 돈처럼 생각하면서 펑펑 쓰고 다니는 놈들이 바로 네놈들 아니야? 다 잡아 처넣어야 돼! 부정부패! 비리! 조폭에 연쇄살인을 저지르는 흉악범들부터 사기꾼들에 가정폭력범들! 마약사범들! 아동성추행 아동성폭행 범들과 성매매 범들도 다 잡아 처넣어야 한다고! 그러면 또 어떻게 될까? 처넣으려고 보면 이놈들이 또 위로 다 엮여 있어! 다 잡아 넣을 수 있어? 너희들이 검찰이 겪는 이런 난처한 딜레마를 알아? 내가 대한민국 검찰로 살아오며 단

하나 잘못한 게 있다면 내 동생 한철이를 배신한 거야! 내가 살아야 내 동생도 살릴 수가 있으니까! 그 더러운 깡패 새끼들과 썩어 빠진 검찰들! 주둥이는 살아서 같은 검찰이라면서 더러운 뒷돈을 받아 처먹은 그 스폰 검찰들을 풀어주면서까지 내 동생을 배신한 거야! 그것 하나가 그렇게 후회돼서 잠도 못 자! 어두워지기만 하면 내가 진짜 미칠 지경이야! 내가 평생을 살아오며 후회하는 것이 바로 그것이라고! 그래! 대답하겠다! 박인수!"

인수와 박재영의 눈이 마주쳤다.

"널 죽이고 싶었다. 하지만 죽이려고 한 적은 없어! 지금 내 뒤에서 울고 있는 내 아내와 아들들을 걸고 맹세할 수 있어! 난! 네놈을 죽이고 싶었지만 죽이려고 한 적은 단연코 없어! 놈들과 공모한 사실도 없어! 단지 그것 하나뿐이야! 신념이야! 신념의 문제야! 내 신념을 방해하는 네놈의 신념이 더 큰 것을 인정하고 싶지 않았고, 옳다고 믿었던 나의 길이 네놈의 신념으로 인해 잘못된 길이었음을 인정하는 것도 싫었어! 그래! 박인수! 네가 옳아! 내 신념이 잘못된 것이고 그릇된 것이었어! 하지만 이제부터는 너 어떻게 할래? 너의 그 신념 절대로 잃지 말고 옳고 바른 대한민국을 부탁하마! 마지막으로 제 아들들에게 하고 싶은 말이 있습니다."

박재영이 재판장을 올려다보았다.

"말하세요."

박재영이 고개를 뒤로 돌려 연실과 아들들을 보았다.

"미안하다. 아들, 네 말이 맞았다. 진짜 특별한 사람은 처음부터 평범하기를 원했던 사람이었어. 난 특별한 삶을 원해 노력해 왔지만 결국엔 추락해 평범한 사람도 못 되고 마는구나. 진짜 특별한 사람은 너희들이다. 아빠가…… 미안하다."

연실이 다시 울음을 터트렸다. 진환과 진석도 결국에는 펑펑 울고 말았다.

"재판장님, 검찰의 구형에 따르겠습니다."

박재영이 두 손을 앞으로 내밀었다. 다시 수갑을 채우라는 말이었다.

재판장이 한숨을 푹 내쉬더니, 인수를 보았다.

"검찰, 구형하세요."

인수가 침묵을 지키다가 고민을 끝낸 표정으로 박재영을 불렀다.

"피고인."

"네."

"그렇다면 한 가지를 더 묻겠습니다."

"얼마든지 물으십시오."

"본 검사가 납치되는 것을 지켜보았지요?"

"그렇습니다."

"그렇다면 왜 신고하지 않았습니까?"

"혼란스러웠습니다."

"무엇이 혼란스러웠습니까?"

"대한민국 검사가 대검찰청 지하 주차장에서 납치되는 것이 꿈인지 현실인지 분간할 수가 없었습니다."

"알겠습니다."

인수가 방청석을 한 번 둘러본 뒤, 재판장을 향해 말했다.

"존경하는 재판장님, 지금부터 본 검사는 피고인의 구형에 앞서 한 가지 확인하고 싶은 것이 있습니다."

"말씀하세요."

"피고인, 피고인은 대권을 포기하겠습니까?"

방청석이 술렁거렸다. 변호인단 대표가 벌떡 일어섰다.

"이의 있습니다!"

재판장은 말하지 못했다.

"지금 검찰은 사건과는 무관한 질문을 하고 있습니다!"

"……."

"재판장님!"

재판장이 코로 한숨을 내쉬었다.

그러자 박재영이 인수를 향해 씁쓸한 미소를 보내며 물었다.

"검사님, 지금 저에게 딜레마를 던지는 겁니까?"

"맞습니다."

"딜레마라……."

박재영은 둘 중 하나를 선택해야만 했다. 그 어느 쪽을 선택해도 손실이 발생할 수밖에 없는 상황이었다.

대권을 포기하겠다면 인수는 무죄에 가까운 구형을 내릴 것이다. 집행유예로 끝난다. 하지만 대통령의 꿈은 깨끗이 포기해야만 했다. 그와 반대로 대권을 포기하지 않겠다면 실형을 내릴 것이었다. 납치 및 계획 살인 사주로 무기징역에 가까운 실형을 구형할 것이다.

마지막 대법원까지 가서도 인수는 끝까지 대권에 도전하지 못하게끔 싸울 녀석이었다.

박재영이 연실과 두 아들을 보았다.

정말 특별한 사람은 처음부터 평범한 삶을 원하는 사람이지 않을까요?

박재영의 귀에 진환의 목소리가 들려오고 있었다.

그렇게도 특별한 삶을 원해 지금 여기에까지 왔다.

하지만 이제는 특별하기는커녕 평범한 삶조차도 살 수 없을 정도로 추락하기 일보직전이었다.

이 위기를 극복하고 대법원까지 가면 파기환송이라는 극적인 시나리오를 얻을 수가 있을까?

마지막에 가서는 무죄를 선고받고 풀려날 수가 있을까?

인수와 박재영의 두 눈이 마주쳤다.

포기하세요. 그리고 가족들의 품으로 돌아가세요.

인수의 눈이 말하고 있었다.

박재영은 서한철을 보았다.

형님, 인수의 말에 따르세요. 이제 그만하세요.

마지막 기회입니다. 그 신념…… 이제는 그만 내려놓으세요.

박재영의 입술이 천천히 열리고 있었다.

"이미 포기했습니다."

실내가 술렁거렸다. 출입기자들이 일제히 카메라 셔터를 누르기 시작했다.

"알겠습니다."

인수가 다음으로 장우식에 대한 심리를 진행하기에 앞서 증인을 출석시켰다.

민경욱 박사였다. 증인 선서가 진행되었다.

"양심에 따라 숨김과 보탬이 없이 사실 그대로를 말하고, 만일 거짓말이 있으면 위증의 벌을 받기로 맹세합니다."

장우식의 두 눈이 동그래졌다. 그동안 돈을 양동이에 퍼다 주는 것처럼 퍼 준 대가가 이런 배신이란 말인가?

그래도 아직까지는 침착하게 지켜볼 필요가 있다고 판단했다. 설마 하는 마음 때문이었다.

하지만 그 설마가 진짜로 사람을 잡기 시작했다.

인수의 심리가 시작되었다.

"증인, 증인은 왜 여기에 계신 겁니까?"

"모든 진실을 밝히기 위해서입니다."

"모든 진실이라. 그 모든 진실은 지금 피고인 장우식과
연관이 있습니까?"

"네."

"알겠습니다. 증언하세요."

"먼저 국민 여러분들에게 사죄의 말씀부터 드리겠습니
다. 그리고 저를 우상으로 여기고 롤모델로 삼아 생명공학
연구에 모든 시간과 노력을 아끼지 않고 있는 이 나라의 영
재들과 연구원들에게도 진심으로 사죄드립니다. 제가 발표
한 모든 연구는 다 거짓입니다."

"이의……."

"야! 이 새끼야!"

변호인단이 이의를 제기하기도 전에 장우식이 벌떡 일어
나 민 박사에게 소리쳤다. 민 박사는 모든 것을 내려놓았기
에 이제는 그런 장우식을 전혀 두려워하지 않았다.

"너 지금 무슨 개소리를 하고 있는 거야? 내가 그 동안 지
원해 준 돈이 얼만데? 지금 그딴 개소리를 지껄이고 있는
거야?"

"피고인! 피고인은 정숙하세요!"

"아, 저 개자식!"

장우식이 털썩 주저앉으며 끝까지 욕을 내뱉었다.

"증인, 계속 증언하세요."

"포스트 게놈 연구도 장기 복제 이식 수술 성공도 모두 성공하지 못했습니다. 과학지에 발표한 논문은 모두 허위입니다. 죄송합니다."

"증인이 양심선언을 하는 이유는 무엇입니까?"

"그 이유는…… 이 과정에서 만들어 낸 독극물 때문입니다."

우!

실내가 엄청난 충격을 받은 듯 술렁거렸다.

변호인단은 더 이상 이의를 제기하지도 못했다.

이미 그로기 상태였다. 여기에서 뭘 더 변호해야 할지 방법을 찾을 수도 없었다.

"그 독극물에 대해 설명해 주시기 바랍니다."

"정식명칭은 VX2입니다. VX2는 우리 인간의 뇌가 스스로 만들어 내는 엔돌핀과 같은 물질로, 화학식도 똑같습니다. 마지막의 화학식을 하나 바꾸는 것만으로 환각제가 될 수도 있고, 혈액을 젤리처럼 고체로 만드는 독극물이 됩니다. 그리고 가장 무서운 것은 검출되지 않는다는 것입니다."

"검출이 되지 않는다. 그 말은 곧 증거가 남지 않는다는 말과 같습니까?"

"맞습니다."

"그렇다면 VX2를 어디에 사용했는지 밝혀 주실 수 있겠습니까?"

"길고양이를 집단 살해하는 데 사용했습니다."

또 다시 실내가 술렁거렸다.

"그리고."

민 박사가 말을 이었다.

"박재영 민정수석을 끌어들이기 위한 환각제로 사용되었습니다."

우!

엄청난 충격이었다. 박재영도 놀랐다.

"어떤 방식으로 사용되었습니까?"

"담배와 양주를 통해 사용되었습니다."

"VX2에 중독되면 이성적인 판단을 내릴 수 있습니까?"

"불가능합니다."

"알겠습니다. 이상입니다."

"킥킥킥!"

장우식이 킥킥거리며 웃기 시작했다. 스스로도 VX2에 중독되어 있는 상태였기에 이미 이성적인 판단이 어려운 상황이었다.

장우식을 노려보는 박재영의 두 눈이 분노로 이글거렸다.

"변호인단, 변호하세요."

"……."

"변호인?"

변호인 대표가 일어섰다.

"증인."

"네."

"지금 이러는 이유가 무엇입니까?"

"무슨 말씀이십니까?"

"아니, 사람이 녹을 받고 일해 왔으면서, 그것도 엄청난 연구지원비를 다 까먹고는 이제 와서 다 거짓말이었다고 말하는 이유가 뭐냐는 것입니다."

"제 양심이 진실을 밝히길 원하기 때문입니다."

"증인, 지금까지 거짓말을 해 온 것 인정하십니까?"

"네."

"그렇다면 지금의 증언도 위증이 아니라는 것을 어떻게 증명할 수가 있습니까? 지금도 거짓말하는 거 아닙니까?"

"장승철 회장의 영원한 삶을 약속한 포스트 게놈 프로젝트와 장기 복제 이식 수술은 성공하지 못했습니다. 그리고 엉뚱한 VX2를 만들었습니다. 이것이 진실입니다. 모든 증거자료는 이미 검찰에 제출했습니다."

변호인이 끙 하며 두 눈을 질끈 감고 말았다.

더 이상 어떻게 손을 쓸 수가 없었다.

"이상입니다."

인수가 자리에서 일어섰다. 다음으로는 최영호에 대한 심리가 진행되었다.

장우식의 지령을 받아 인수를 직접 납치 및 계획 살인을 진행한 부분과 인수의 가족들까지 인질로 붙잡기 위해 집 안에 조직폭력배를 동원하여 침입한 점이 모두 인정되었다.

그렇게 형량이 구형되었다.

"존경하는 재판장님. 비록 납치 및 계획 살인에 있어서 미수에 그쳤다고는 하지만, 피고인 장우식과 최영호는 이 사회를 충격과 혼란에 빠뜨렸습니다. 또한 본 검사의 가족까지 인질로 붙잡아 협박하기 위해 이 모든 범죄를 치밀하게 계획한 점과 본 검사를 실험실에 가두고 각종 약물을 투약해 심신을 미약하게 만든 점, 독극물로 협박을 한 부분까지 그 죄질이 극악하다고 판단하는 바. 법정 최고형인 사형을 구형합니다."

인수의 입에서 사형이란 단어가 거론되자, 방청석에 앉아 있던 백학 사람들이 깜짝 놀라 벌떡 일어서며 소리쳤다.

"미쳤어?"

"지금 뭐 하자는 거야!"

"미수에 무슨 사형이야!"

물병이 날아와 인수의 발 앞에 떨어졌다.

"아이고 부처님!"

장우식의 엄마가 두 눈을 딱 감고는 염주를 돌리며 부처를 찾았다.

　"다음으로 본 검사를 상대로 한 납치 및 계획 살인미수에 있어서 피고인 박재영의 혐의는 증거가 불충분하다고 판단되지만, 본 검사가 납치를 당하는 과정을 본의 아니게 지켜보면서도 묵인한 점과 신고할 수가 있었던 시간이 충분히 있었음에도 불구하고 신고하지 않고 범죄은닉에 일조한 부분에 있어서는 그 죄가 인정되는 바입니다."

　실내가 또 다시 술렁거렸다.

　"하지만."

　인수가 다시 말을 이어나가자 고요해졌다.

　"환각제에 의한 이성적인 판단이 어려웠던 부분과 피고인이 앞서 말한 것처럼 평생을 검찰로 살아오며 이 사회에 공헌한 바가 크다고 판단되므로, 본 검찰은 피고인에게 징역 1년 집행유예 2년 벌금 500만 원을 구형합니다."

　박재영이 두 눈을 감았다. 연실도 두 손을 가슴에 꼭 모으고 있다가 진환을 껴안았다.

　인수가 내린 구형은 집행유예 2년의 기간 동안 아무 문제를 일으키지 않으면 징역 1년의 실형을 살지 않는다는 뜻이었다.

　오랜 시간 장고에 장고를 거듭하던 재판장이 망치를 들었다.

망치가 올라간 순간, 진환도 엄마를 꼭 껴안았다.

"사건번호 제 8779. 1심 공판을 마칩니다."

탕탕탕!

재판장의 망치 소리가 실내에 울려 퍼졌다.

박재영이 일어서서 인수와 서한철을 번갈아 보았다.

"이제야 후련하네."

두 사람을 향해 후련하다고 내뱉는 박재영의 표정도 후련해 보였다.

연실과 아들들이 박재영의 앞으로 다가왔다.

"아버지……."

"우냐? 사내자식이 이게 뭐 울 일이라고 울고 있어? 뚝!"

연실도 옆에서 눈물을 훔치고 있었다.

"연실아."

"응."

"나 이제 후회 없는 삶을 살아 보련다. 다시 합치자."

"그래. 그러자."

연실이 펑펑 울며 고개를 크게 끄덕였다.

"이리 와. 안아 줄게."

연실이 두 팔을 벌리자 박재영이 몸을 뒤로 뺐다.

"사람들 많은데 뭐 하자는 거야?"

"지금 사람들 눈이 문제야?"

연실이 말하며 박재영의 목을 와락 껴안았다.

박재영도 그런 연실의 등을 토닥여 주고 있었다.

"미안하다."

"뭐가 미안해?"

"미안하다면 미안한 줄 알아."

"그래요. 알겠습니다."

박재영이 연실의 대답을 듣고는 웃으며 진환과 진석의 머리를 차례로 헝클고 있었다.

두 아들들이 활짝 웃었다.

"아버지. 저도 아버지 안고 싶습니다."

"그래. 부자지간에 한번 안아 보자."

처음이었다. 박재영이 팔을 벌리자, 두 아들들이 품으로 안겨 들고 있었다.

제85장. 활과 화살

트리니티 레볼루션
Trinity
Revolution

제85장. 활과 화살

2015년 새해가 밝았다.

인수는 가족들과 함께 소백산 정상에 올랐다.

많은 산 중에서도 인수는 소백산을 좋아했다. 약산이기 때문이었다.

삼가야영장에 텐트를 친 인수는 민을 등에 업고 세영과 나란히 비로봉에 올랐다.

세영은 최근 남편에게 닥쳤던 사건으로 인해 극심한 스트레스를 받고 있었는데, 인수는 오히려 둘째만 언급하고 있자 기분이 몹시 가라앉은 상태였다.

그래서 산행을 반대했었지만, 막상 정상에 도착하니 언제 그랬냐는 듯 기분이 다시 좋아졌다.

정상의 칼바람을 맞으며 사진을 찍고 있는데, 등산객들이 하나둘 인수를 알아보고는 다가와 인사를 했다.

"박인수 검사님?"

"맞네! 그 검사님이시네!"

"아이고, 검사님!"

"안녕하세요?"

인수가 낮은 자세로 등산객들에게 인사를 했다. 세영도 그 옆에서 수줍어하며 인사를 했다.

"어머 세상에! 어떻게? 그 뒤로 건강은 괜찮으세요?"

"네, 튼튼합니다! 걱정해 주셔서 감사합니다."

"아들인가 보네요? 몇 살이에요? 아휴, 귀엽다. 안녕?"

"세 살이요! 안녕하세요?"

"그래, 안녕! 이름이 뭐야?"

"민! 박민입니다!"

"어머! 아빠 닮아서 아주 똘똘하네!"

"엄마도 닮았습니다!"

"하하하하!"

인수는 모여든 사람들과 함께 차례차례 사진을 찍었고, 사인을 원하는 사람들에게는 사인도 해 주었다.

"검사님, 한 잔 받으세요."

한 등산객이 배낭을 풀어 막걸리를 꺼내 따라 주었다.

"와! 정상에서 마시는 막걸리! 좋습니다! 감사합니다!"

인수를 주변으로 사람들이 옹기종기 모여들었다.

그들은 가벼운 이야기부터 시작해 민원을 넣는 것처럼 각 사회의 불합리한 부분과 불공정한 부분을 분노하며 토해 냈다.

"지금 최저임금 문제를 이런 식으로 해결하면 우리 같은 사람들은 월급이 오르기는커녕 오히려 깎입니다. 도대체 뭐 하자는 건지……."

"뭐 불합리, 불공정…… 어쨌든 이 세상 자체가 부조리한 것이기 때문에 얼마든지 감내하고 참을 수 있습니다. 하지만 불의는 도저히 못 참겠습니다. 불의는 이미 범죄가 아닙니까?"

"예전처럼 예쁜 하늘을 본 적이 언제인지…… 정부는 미세먼지 해결을 위해 어떤 노력은 하고 있는지 정말 답답합니다. 세금이 들어간 부분도 구석구석 정확하게 알고 싶고요."

"계속 높아지는 자살률도 참 문제입니다. 그 사람들만 뭐라 할 문제가 아니지요. 계속 살아갈 희망이 없으니까……."

"검사님, 저는 평생을 아껴 쓰고 한 달에 한 번 제대로 쉬지도 못하면서 돈을 모았지만 번번한 집 한 채가 없습니다. 소득대비 과도한 수도권의 아파트가격…… 이거 정말 어떻게 안 될까요?"

"비정규직 법 이거 없애 버릴 수는 없나요?"

"요즘 젊은 부부들은 아이를 낳을 생각 자체가 없어요. 검사님은? 둘째 계획은 없으세요?"

"아, 하하하…… 그건 이 사람에게……."

"어머! 그 높으신 양반들에게는 호랑이처럼 무서운 검사님께서 사모님께는 또 꼼짝 못하는 순한 양이시구나!"

"아니에요!"

세영이 화들짝 놀라 손사래 쳤다.

"뭐 대한민국 남자들이라면……."

인수가 세영을 향해 웃으며 말끝을 흐렸다. 그러자 세영이 슬쩍 흘겨보았다. 사실 요즘 인수는 틈만 나면 둘째를 준비하자며 세영을 괴롭혔다.

세영은 그에 맞서 둘째 계획은 꿈도 꾸지 말라는 입장을 고수하고 있는 상태였다.

"아내 사랑이 최우선 아니겠습니까?"

"검사님! 멋지십니다!"

나이를 좀 드신 노인분이 인수를 향해 엄지손가락을 치켜세워 주었다.

"아무튼 우리나라에 검사님 같은 분이 계셔서 얼마나 다행인지 모릅니다."

"맞아요. 검사님께서는 힘드시겠지만요. 검사님, 많이 힘드시죠? 죽을 고비도 넘기시고."

"괜찮습니다. 충분히 할 만합니다."

아직도 해결되지 않는 사회의 불만을 토로하는 이들의 말을 경청할수록 인수의 마음은 한없이 무거워지고 있었다.

그런 인수를 지켜보는 세영의 마음도 무거워졌다.

대한민국의 검사가 아무리 뛰어난 인물이라 해도, 이 모든 사회문제를 완벽하게 해결할 수는 없는 법.

세영이 민의 손을 잡고는 자리를 비켜 주었다.

인수가 아들과 함께 자리를 떠나는 세영의 뒷모습을 보며 입을 열었다.

"여러분들은 각자 종교가 있으시겠죠?"

지금까지 해온 이야기와는 다른 뜬금없는 소리 같았다.

"저는 기독교요."

"저는 불교입니다."

"저는 종교 없습니다. 예전에 교회를 좀 다니긴 했었죠."

"네."

인수가 대답하고는 고개를 들어 올려 하늘을 보았다.

"저도 확신하지는 못합니다만…… 만약 정말 신이 존재한다면……."

인수의 진지한 표정과 말투에 모두가 따라서 진지해졌다.

"칼리 지브란이 예언자를 통해 한 말처럼, 저는 활이고 여러분들은 화살입니다. 만약 신이 저를 구부리고 당기면 그만큼 힘들고 괴롭겠지만, 저는 기쁩니다. 제가 신의 뜻에 따라 구부러지고 당겨지는 만큼, 여러분들은 더욱 더 멀리 강하게 쏘아져 나갈 수가 있으니까요. 그 화살은 분명 행복하겠죠? 여러분들이 행복해질 수만 있다면, 더욱 멀리 강하게 쏘아져 나갈 수만 있다면…… 저는 신의 뜻에 따라 얼마든지 구부러지고 당겨져도 기쁩니다. 신께 감사드립니다."

인수의 말에 모두가 숙연해졌다.

자리를 떠나던 세영이 감동을 받아, 아들의 손을 꼭 붙잡았다.

"아들."

"응?"

"동생 낳아 줄까?"

"어! 예쁜 동생 낳아 주세요! 엄마! 예쁜 여동생 낳아 주세요!"

"음, 근데 말이야. 동생이 남자면 어떡하지?"

"남동생이어도 잘 놀아 줄 거야!"

"정말 그럴 거야?"

민이 힘껏 고개를 끄덕이는 것으로 대답을 대신했다.

소백산 칼바람이 불어와 세영의 머리카락을 흩날렸다.

정상에 올라야만 볼 수 있는 광경이 따로 있다.

사실 세영은 민아를 다시 만나는 것이 두려웠다. 남편이 그렇게 죽을 고비를 넘기며 불의에 맞서 사회의 정의를 지키고자 할 때, 자신은 지켜볼 수밖에 없다는 현실이 항상 미안했고 안쓰러웠다.

진정한 연대란 비가 올 때 우산을 씌워 주는 것이 아니라 함께 비를 맞는 것이라고 했다.

난 과연 남편이 비를 맞을 때 함께 맞아 주었는가? 자신이 집에서 할 수 있는 일은 내조가 최선이라고 생각했다. 그래서 모두에게 골고루 인정받을 수 있는 길인 현모양처가 정답이라고 판단했다.

남편이 밖에서 힘을 내 열심히 일할 수 있도록 배려하고 돕는 것이 아내가 할 수 있는 최선이라고만 생각했다. 뭐 솔직히 여기에서 더 할 수 있는 일이 뭐가 있단 말인가? 하지만 비가 오면 우산은 씌워 주었을 것이다. 함께 비를 맞아 주진 못했다.

남편이 원하는 것은 둘째뿐이었다. 다른 큰 것을 원하는 법이 없었다. 항상 감사했고, 고마워했다.

옆에 있어 주는 것만으로도 남편은 힘이 된다고 말해 왔었다.

그런 남편에게 단지 힘들고 어렵다는 이유만으로 둘째는 꿈도 꾸지 말라고 했었고, 빨리 정관수술을 하라고 압박했었다.

생각해 보고 돌이켜 보면, 정말 착하고 고마운 남편이었다.

하지만 민아를 생각하면 두려운 것이 사실이었다. 자신은 겪어 보지 못한 어두웠던 미래를 일부러 끌어오고 싶지는 않았다. 그래서 아들을 낳았을 때 세영은 너무나도 안심되었고, 그만큼 기뻤었다.

그리고 세상에서 가장 행복한 사람이라고 생각했었다. 하지만 인수가 죽을 고비를 넘기는 것을 지켜보며 서서히 마음이 바뀌기 시작했다.

말은 둘째는 꿈도 꾸지 말라고 했었지만, 지금 정상에서 세영은 마음을 바꾸어 먹었다.

민아를 만나자고.

◇ ◆ ◇

서한철의 집.

박재영은 서한철과 현관 계단에 나란히 앉아, 화단만 바라보고 있었다.

"계속 놀 거요?"

"그러면 뭘 해?"

"형수님 인세도 형님 때문에 예전만 못하다면서요?"

박재영이 멍한 표정으로 서한철을 바라보았다. 그 눈에는

뭘 해야겠다는, 뭘 하고 싶다는 의지라고는 전혀 보이지가
않았다.

"꼭 그렇게 말하고 싶냐?"

"아니, 걱정되니까 하는 말을 또 그렇게 삐딱하게 들으
셔?"

"긁지 마라."

"뭘 또 긁어요?"

"뭐…… 요즘은 뭐든 흥이 안 난다. 어지간해서는 발끈하
지도 않아. 너나 마누라나…… 긁어도 무감각하고."

"이 형님 해탈하셨네."

"해탈 같은 소리하고 앉았네."

"깨달았어. 이제 다 깨달았어."

"깨닫긴 뭘 깨달아. 재미가 없는 거지."

박재영은 이래도 흥 저래도 흥 별 반응이 없었다.

서한철이 박재영의 옆모습을 물끄러미 바라보았다. 기운
이 없어 보이는 것을 넘어 영혼이 이탈한 사람처럼 보였다.

"형수님이 뭐라 하셨는데요?"

"너랑 똑같지."

"뭘 나랑 똑같아요?"

"사람 긁는 거."

"그러니까 뭐라 긁으시냐고요."

"너랑 똑같다니까? 계속 그렇게 놀 거냐고."

"형수님 책 읽어 보기나 하셨소?"

"읽는 척은 했지."

"눈치 보이니까?"

"응."

"아이고, 우리 형님. 이제는 형수님 눈치도 다 보시고."

"놀잖아. 마누라 인세로 먹고 사는 놈이 마누라 책이라도 읽는 척해야지."

"전화는 와요?"

서한철이 묻자 박재영의 눈이 순간 반짝거렸다.

"한철아, 그게 참 신기하다?"

"뭐가요?"

"지금도 여기저기에서 전화가 와."

"그러면요?"

"아니다."

"형님."

"왜?"

"계속 노세요."

"뭐 인마?"

"그냥 계속 노세요. 그런 똥파리들 전화에 귀가 또 솔깃 해서 대권 나갈 생각 꿈에도 갖지 마시고, 그냥 형수님이랑 좋은 시간 보내고 그러세요."

"책 읽는 척하면서?"

트리니티 레볼루션
Trinity
Revolution 8

"제대로 좀 읽어 보세요."

"사실…… 좀 읽어 봤어."

"그래요?"

"응."

박재영이 고개를 들어 하늘을 보았다.

"내가 참 많이 잘못했더라. 자식 놈들에게 미안해. 밖에서는 몇 점일지 모르겠지만, 안에서는 완전 빵점 아빠였어."

"다들 그렇죠 뭐. 지금이라도 형님이 그렇게 느낀다면 늦지 않았습니다. 형님이 그런 마음으로 힘들면, 그 힘든 만큼 진환이랑 진석이는 행복할 겁니다. 형수님도요."

박재영이 고개를 돌려 서한철을 보았다.

"뭐 저는 마이너스 200점일 겁니다. 유정이……"

"유정이는 내가 미안하지. 너한테도 정말 미안하고. 제수씨는 진짜……"

"그런 말씀 마세요."

서한철이 박재영에게 어깨동무를 해 왔다.

그때 물컹하며 가슴이 닿았다.

박재영이 눈을 흘기며 그 가슴을 내려다보았다.

"또 뭔 말이 하고 싶은 거요?"

"아냐. 누가 뭐래?"

박재영이 딴청을 피우자, 서한철이 감은 팔로 헤드록을 걸었다.

"아악! 야! 아파! 아프다고!"

"형님은 더 아파야 돼!"

"야! 그만! 그만하라고!"

"그만하긴 뭘 그만해!"

"목 빠져!"

"어허, 엄살은. 그러면 목이 빠지라고 이러지, 들어가라고 이러나?"

"아악!"

박재영이 항복이라는 듯 손바닥을 계속 쳤다.

"아하하하! 아직 멀었수다!"

서한철이 웃으며 소리쳤다. 박재영의 비명 소리가 대문을 넘어 골목길에 울려 퍼지고 있었다.

트리니티 레볼루션
Trinity Revolution

제86장. 시공을 초월해

우우웅.

인수는 서클을 회전시켜 화이트존을 생성시켰다.

시간이 과거에서 현재로, 그리고 미래가 다시 과거의 꼬리를 물며 원으로 흘렀다.

이제부터는 한 가지 시도가 더 필요했다.

화이트존을 통해 시간을 넘어 공간까지 초월해야만 했다.

붉은색 마법진이 타올랐다.

일주천이 계속 진행되었고, 서클의 회전과 함께 심장의 혈액은 뇌로 무한 공급되고 있었다.

인수의 뇌는 그 어떤 슈퍼컴퓨터보다 빠르게 회전하며

좌표를 계산하기 시작했다.

하지만 무한한 우주와 차원까지 넘어 전생의 한 장소와 그 시간대를 찾는다는 것은 불가능한 일이었다.

좌표를 추적하며 계산해 나가던 인수는 한계에 부딪쳤다. 오늘은 여기까지라고 판단하고 화이트존을 거두는 그때였다.

새로운 세계가 보였다.

우우웅.

인수는 서클을 다시 회전시켰다. 그렇게 새로운 세계에서 바수라를 다시 만났다.

말라비틀어진 땅이었다.

이글이글 타오르는 태양 아래, 거대한 성벽 축조와 수로를 만드는 대공사가 진행되고 있었다.

한 마리의 매처럼 가을 하늘을 치솟아 공중을 선회하던 인수의 시선이 한 소년을 발견하고는 지상으로 내려와 그 소년에게 집중했다.

소년은 간수의 채찍을 겁내며 무거운 돌을 나르는 노예들 틈에 섞여 있었다.

이마의 땀을 훔치는 소년의 뒤로는 여자 노예들이 식사 배급을 준비하고 있었다.

소년은 짓눌린 허리를 펴다가 뒤를 돌아보았다.

여자 노예들 사이에서 일하고 있는 한 소녀와 눈이 마주쳤다.

"세르벳……"

소년이 소리 내지 않고 입술을 움직여 소녀의 이름을 부르자, 소녀가 수줍게 웃었다.

소녀는 한 손으로 동그라미를 만들어 가슴에 대고 있었다.

소년도 소녀를 따라하며 웃었다.

'이렇게 하면 서로의 마음이 통하는 거 같아.'

소녀 세르벳의 목소리가 인수에게 들려오는 것만 같았다.

인수는 화이트존 안의 시간을 컨트롤해 뒤로 돌렸다.

바수라와 세르벳이 막사 안으로 불려가고 있었다.

근엄한 모습의 은빛 기사가 간수장을 나무라고 있었다.

"저 노예. 노예의 도덕이 아닌 주인의 도덕을 가졌다. 위험한 종자이거늘, 너는 어찌하여 저 아이를 다스리지 못했는가!"

"무슨 말씀이시온지……"

"미련한 놈! 노예들은 무력해야 하고, 그들이 가져야 할 도덕은 복종, 겸손, 순종, 순응, 근면이다. 이것이 노예들이 가져야 할 덕목이자, 노예의 도덕이다. 한데, 노예가 잘못된 것을 바로잡으려 들다니…… 이게 가당키나 하단 말인가?

이건 주인의 도덕이다. 주인의 도덕은 원하는 대로 하는 것. 진취, 도전, 용맹, 강함, 명예! 밝고 당당해야 하며 나아갈 때는 거침없어야 하지."

은빛 기사가 말을 끝내는 순간, 바수라가 혼란스러워하고 있었다.

노예의 도덕? 주인의 도덕?

세르벳이 간수장에게 지속적인 성폭행을 당해 왔고, 그 잘못된 것을 바로잡기 위해 용기를 낸 것이 오히려 은빛 기사의 화를 돋우는 꼴이라니.

은빛 기사는 바수라에게 영웅이었다.

그래서 영웅에게 도움을 청한 것이 화근이 되고 있는 이 현실이 바수라는 너무나도 슬펐다. 죽음보다 더 지독한 슬픔과 아픔이었다.

진정한 영웅이란 무엇일까?

바수라가 죽음보다 더한 깊은 상처를 입고 흔들리고 있는 그때였다.

바닥이 불타오르며 마법진이 생겨나더니, 그 중심에서 한 남자가 솟구쳐 올라왔다.

"마법사?"

채앵!

은빛 기사 제록스가 자리에서 벌떡 일어서며 검을 뽑아 드는 그때였다.

인수는 등장과 함께 제록스와 간수장에게 마법을 걸었다.

"신곡 마법이여 발동하라! 제8계단의 지옥이여! 기만하는 자들, 어린 여아를 탐하는 자, 사기꾼에 허영심 가득한 자들, 그리고 위선자들은 구덩이 속에서 금을 가장한 납으로 도금되어 짓눌릴지니! 반성하지 못하면 결국엔 온갖 질병으로 고통받을 것이고, 끝내 몸이 두 동강 날 것이다! 이것은 바로 주접덩어리인 네놈에게 갱생의 기회를 주는 것이니! 부디 개과천선하여 이 소년을 기사로, 소녀는 양녀로 거두어들여라! 그렇지 않으면 평생을 이 지옥에서 벗어나지 못할 것이다!"

쿠르릉! 콰강!

현실은 1분. 신곡의 지옥은 1년.

새카만 하늘에서 낙뢰가 떨어졌고, 365라는 숫자가 새겨졌다.

카운트다운이 시작된 것이었다.

제록스와 간수장은 구덩이 속에 파묻혔는데, 그 구덩이 속으로 뜨거운 납이 녹아서 흘러들어 왔다.

그 납은 제록스와 간수장의 몸을 감싸기 시작했는데, 금색깔로 바뀌기 시작했다.

"으아!"

"살려 줘!"

순식간에 신곡 마법에 걸려 생지옥을 경험하고 있는 두 사람은 말 그대로 미쳐 버릴 지경이었다.

너무나도 끔찍했다.

그 상태로 새카만 하늘을 보고 있는데, 하루가 지나가자 365라는 숫자가 364로 바뀌었다.

"이제 하루가 지나간 거야?"

두 사람은 도대체 왜 이렇게 되었는지 영문을 몰라 더욱더 끔찍하고 고통스러울 뿐이었다.

그때 하늘에서 신의 음성이 들려왔다.

인수가 전하는 메시지였다. 제록스는 스스로 주접덩어리라는 사실을 깨달으면 이 끔찍한 지옥에서 벗어날 수가 있다는 신의 음성이었다. 하지만 세르벳을 성폭행한 간수장에게 용서란 없었다.

그렇게 신곡 지옥에서 1년을 보낸 뒤, 현실로 돌아온 제록스는 실로 어처구니가 없었다.

"겨우 1분?"

고개를 돌려 간수장을 보니, 간수장은 여전히 눈이 돌아간 채로 고통에 비명을 내지르고 있었다.

신곡 지옥에서 벗어나질 못하고 있는 것이었다.

그 끔찍했던 1년이 현실에서는 겨우 1분밖에 되지 않는다는 사실을 깨달은 제록스는 바수라와 세르벳을 바라보며 다시금 신의 음성을 되새겼다.

그 지옥으로 돌아가기에는 너무나도 끔찍했다.

제록스는 즉시 인수의 앞에서 무릎을 꿇었다.

"네가 용서를 구할 대상은 내가 아니라 이 두 사람이다."

"알겠습니다!"

제록스는 다시 방향을 바꾸어 바수라와 세르벳의 앞에서 무릎을 꿇었다.

"미안하다. 내가 너의 용기에 큰 잘못을 저질렀구나. 그리고 지금까지 내 삶을 너무 잘못 살아왔어. 나와 함께 가자. 우리는 다 같은 인간이다. 사람이 함께 살아가는데 노예와 주인이 따로 있어서는 안 될 일이다. 우리 함께 좋은 세상을 만들어 나가자."

제록스가 양손을 뻗어 바수라와 세르벳의 손을 잡아 주었다.

바수라와 세르벳이 그 손을 마주 잡아 제록스를 일으켜 세웠다.

그때 막사 밖에는 한 마법사가 도착해 있었다.

"라스넬."

인수가 라스넬의 이름을 부르자, 라스넬이 매우 흥미롭다는 표정으로 인수를 보았다.

"누구냐, 넌?"

"너에게 갚아야 할 빚을 진 사람."

"……?"

라스넬이 본능적으로 위험을 느끼고는 서클을 회전시켰다. 인수는 곧장 내공을 일주천시켰다.

라스넬의 입에서 시동어가 터져 나오기도 전이었다.

"컥!"

인수의 손이 라스넬의 목을 쥔 상태로 들어 올리고 있었다. 라스넬이 발버둥 쳤다. 숨통이 막힌 채로 허공에 뜬 두 발이 애처로워 보였다.

그 모습은 마치 힘없는 초식동물의 목을 쥔 것처럼 보였다.

그 고통에 찬 얼굴을 지그시 바라보는 인수는 바수라와 세르벳이 실험재료로 사용되며 겪었던 그 끔찍한 기억을 떠올리고 있는 중이었다.

"생명의 가치를 모르는 네놈은 마법사의 자격이 없다."

인수의 다른 손이 라스넬의 심장으로 향했다.

"……!"

라스넬의 두 눈이 휘둥그레지고 있었다.

자신의 서클이 제멋대로 고속 회전하기 시작한 것이었다.

우우우웅!

"크악! 안 돼!"

빠르게 회전하던 서클이 심장을 이탈해 밖으로 빠져 나왔다.

라스넬은 버둥거리며 눈을 내리깔았다.

어디서 나타났는지 모를 남자에게 자신의 서클이 뽑아져 나온 것이었다.

그리고 그 서클은 인수의 손에서 파괴되고 말았다.

파하앙!

유리가 깨지는 것처럼 산산조각 나며 파편이 사방으로 퍼져 나갔다.

라스넬은 인수의 손에서 풀려나왔지만, 모든 것이 끝난 기분이었다.

하지만 인수의 벌은 여기에서 끝나지 않았다.

손을 들어 라스넬의 머리에 올린 뒤, 모든 기억을 삭제시켜 버렸다.

다시는 마법을 사용하지 못하는 상태로 만들어 버린 것이었다.

인수는 이제 바수라와 세르벳에게 다가가 두 사람을 꼭 안아 주었다.

너무나도 마음이 아파 왔다. 이 여리고 착한 아이들이 당했던 그 끔찍한 기억이 다시금 떠올라 인수를 괴롭혔다.

하지만 이제 희망이 생겼다.

인수는 말없이 두 사람을 꼭 안아 줄 뿐이었다.

"마법사님은…… 누구세요?"

바수라가 인수의 품 안에서 물었다.

"난 너고 넌 나야."

인수가 바수라의 뺨을 아들의 뺨처럼 어루만져 주며 대답했다.

바수라가 무슨 말인지 몰라 고개를 갸우뚱거렸다.

인수는 그 표정이 너무나도 귀여워 머리를 헝클어 주었다.

"세르벳……."

인수가 이제는 세르벳의 뺨을 어루만지며 불렀다. 정말 애틋한 마음이 일어났다.

"네?"

"두 사람 꼭 서로를 아끼고 사랑하며 살아야 한다. 약속해 줄 수 있지?"

"네!"

"네."

"앞으로 힘든 날도 많을 거야. 하지만 두 사람이 서로 의지해서 아끼고 사랑하며 노력하면 다 극복하고 이겨 낼 수 있을 거야. 알았지? 아저씨에게 약속해."

인수가 새끼손가락을 내밀었다. 바수라와 세르벳이 차례차례 새끼손가락을 걸어 왔다.

그 작은 손가락으로 인해 인수는 또 다시 울컥했다.

할 수만 있다면, 이 아이들과 함께 집으로 돌아가고 싶었다. 집에서 보살피고 싶은 마음이 너무나도 간절했다. 하지만 더 이상의 욕심은 부리지 않는 것이 현명했다. 차원을 이동하는 도중에 어떤 변수가 발생해 영원히 사라져 버릴 수도 있기 때문이었다.

인수는 쏟아져 나오는 눈물을 참을 수가 없었다.

그렇게 펑펑 울며 두 사람을 다시 꼭 안았다.

영문도 모르는 두 사람은 인수의 품에 다시 안겨 처음으로 따뜻한 인간의 심장 소리를 듣고 있었다.

"감사합니다."

바수라가 인수의 심장에 대고 속삭이듯 말했다.

세르벳이 인수의 품 안에서 그런 바수라의 얼굴을 보며 활짝 웃고 있었다.

간수장으로부터 자신을 구하기 위해 용기를 낸 바수라에게 너무나도 고마웠다.

앞으로 바수라와 함께라면 그 어떤 힘든 일도 견뎌 낼 것이고 평생을 바수라를 위해 살겠다며 스스로 다짐했다.

"고마워."

세르벳이 인수의 품 안에서 바수라에게 속삭이듯 말했다.

바수라의 양 볼이 빨개지고 있었다.

인수는 두 사람을 더욱 더 힘껏 안아 주었다.

바수라의 손이, 세르벳의 손이 인수의 허리를 껴안는 순간, 그 작지만 용감한 힘이 전해져 오고 있었다.

인수는 눈물을 거두었다.

이제는 헤어져야 할 시간이었다. 바수라의 용맹한 눈빛
이, 세르벳의 맑은 눈망울이 인수에게 새로운 용기와 힘을
실어 주고 있었다.

마지막으로 처리해야 할 일에 있어서 인수에게 큰 힘을
실어 준 것이었다.

트리니티 레볼루션
Trinity
Revolution

제87장. 운명을 바꾸는 힘

인수의 서재.

불타오르는 마법진 중앙에서 인수의 몸이 솟구쳐 올라왔다.

이제 남은 일은 하나.

위소의 삶으로 뛰어들어 미치광이 제갈 휘를 제거하는 것이었다.

성공한다는 보장은 없었다. 하지만 위소와 소현, 그리고 청아를 위해서 반드시 해결해야 할 일이라는 사실은 변함이 없었다.

이 일은 인수가 목숨을 걸어야 할 정도로 위험했다. 어쩌면 지금 인수 자신의 삶과 위소의 삶 양쪽 모두 비참하게 만들 수도 있었다. 제갈 휘의 상승무공을 직접 맞닥뜨렸을 때 승산이 어느 정도인지를 확인할 길도 없었다.

하지만 운명을 바꾸는 힘은 틀림없이 용기라는 사실.

인수는 곤히 잠든 세영과 민의 얼굴을 내려다본 후 다시 자신의 서재로 돌아왔다.

우우웅.

인수가 서클을 회전시켜 화이트존을 생성시켰다.

내공을 일주천시키는 순간, 시간이 직선에서 원으로 이어져 꼬리를 물었다. 인수의 뇌는 혈액을 공급받으며 급속도로 회전했다. 이동 좌표를 찾아 계산에 들어가는 그때였다. 전혀 예상치 못했던 일이 발생했다.

인수도 처음으로 있는 일이었다.

'집단무의식이 아니야……'

꿈을 통해 네트워크처럼 공유되는 인간들의 집단무의식은 이미 인수도 자유롭게 접속 가능한 상태였다.

하지만 지금 연결된 장소는 인간들의 것이 아니었다.

우주의 총체적 역사.

'아카식 레코드!'

인수의 뇌가 우주의 집단의식이자, 모든 것이 기록되어 있는 정보의 집합체인 아카식 레코드와 하나로 연결된 것이었다.

지금 이 순간, 인수는 아카식 레코드였고 아카식 레코드는 곧 인수였다.

생각만으로도 알고자 하는 것을 알 수 있었고, 이미 기록된 것을 바꿀 수도 있었다.

가고자 하는 곳을 찾기 위해 이동 좌표를 계산할 필요도 없었다.

인수는 이미 위소를 내려다보고 있었다.

위소가 바닥을 뻘뻘 기어와 표국주의 다리를 붙잡고 있었다.

"나리, 그래도 일을 했으니 돈을⋯⋯."

"이런 미친놈! 너 때문에 내 가솔들이 둘이나 죽었는데!"

위소는 가슴을 걷어차인 뒤 얼굴까지 짓밟히고 있었다.

"재수 없으니 썩 꺼져라 이놈아! 퉤!"

위소의 얼굴에 침이 튀었다.

쿠르릉, 콰강!

또 한 번 낙뢰가 떨어지고 있었다. 하늘은 새카맣기만 한데, 비가 쏟아지지 않아 더욱더 어둡기만 했다.

문이 닫힐 때, 위소의 동료들이 싸늘한 눈빛을 보내고 있었다.

그 눈빛은 쓸모없는 놈이라고 말하고 있었다.

결국 문이 닫히고 빗장이 걸리자, 위소는 축 쳐진 몸을 힘겹게 일으켜 세웠다.

오늘도 빈손으로 돌아가면 마누라와 딸은 무엇으로 끼니를 때우나.

위소는 이런 생각으로 힘없이 걷고만 있을 뿐이었다.

죽여! 죽이라고!

동료들이 자신을 향해 손가락질하며 소리치던 모습까지 떠올라 괴로워지고 있었다.

쓸모없는 놈. 병신 같은 놈.

모두가 손가락질하며 욕하고 등을 돌렸다.

인수는 힘이 쭉 빠진 상태로 걷고 있는 위소가 너무나도 처량해 보였다.

"저 새끼 모가지라도 들고 가야 술값이라도 던져 주지 않겠어?"

술값이라도 벌어 보겠다며 위소의 목을 노린 채 따라오고 있는 낭인들.

그런 그들로 인해 인수의 마음은 한없이 무거워지고만 있었다.

파바박!

낭인들의 추격을 피해 혼신의 힘을 다해 뛰는 위소의 모습.

살아야 했기에, 소현과 청아를 두고 이대로는 죽을 수는 없기에, 위소는 도망치고 또 도망치고 있었다.

"사람 목숨이! 크흐으윽!"

겨우 술값에 비교할 수가 있단 말인가?

미친 세상이었다. 약자는 강자에게 처참하게 짓밟히는 잔인한 세상이었다.

위소는 결국 벼랑에서 추락했고, 천신만고 끝에 기연을 얻어 집으로 돌아왔지만, 그 행복은 오래가지 못했다.

인수가 꿈을 통해 겪었던 그 악몽의 순간이 가까워지고 있는 것이었다.

도와주고 싶었다. 막아 내고 싶었다.

하지만 위소의 문제는 위소가 스스로 극복해야 할 문제였기에 참아야만 했다.

차마 다시 볼 엄두가 나지 않았음에도, 인수는 지켜볼 수밖에 없었다.

숲길.

위소가 뒤돌아 뛰고 있었다. 두려움을 극복하고 용기를 내고 있었다.

채앵.

말발굽 소리가 점점 더 가까워지자, 위소는 검을 뽑아 들었다. 서 있는 것조차 힘들 정도로 두려웠다. 극심한 두려움이 물밀듯이 밀려왔지만, 겨우 극복하고 있었다.

산 전체를 통째로 울리는 말발굽 소리에 놀란 새들이 일제히 날아올랐고, 산짐승들이 도망치고 있었다.

위소는 뒤를 돌아보았다. 본능적으로 숨을 곳을 찾는 것이었다. 그 모습을 지켜보는 인수의 가슴은 아리다 못해 아파 왔다. 위소의 심리 상태를 읽고 있기 때문이었다.

그냥 지나가는 단순한 무리들이라고만 믿고 싶을 것이다. 언제나 그랬던 것처럼 숨으면 해결될 일이라고 생각하고 있었다.

감히 저들을 상대로 싸울 필요가 있을까? 그냥 도망치듯 숲 속으로 몸을 피신하면 자신에게도, 가족에게도 아무런 일도 일어나지 않을 것이다.

그렇게 믿고 싶은 것이었다.

하지만 저들이 지나가는 이 길에는 분명 가족들이 방치되어 있었다.

어떻게 해야 하나?

여기서 온 힘을 다해 도망쳐 먼저 집에 도착하면 아내와 딸을 피신시킬 수가 있을까?

점점 더 가까이 다가오고 있는 거대한 힘 앞에서 맞서 싸울 수도, 도망칠 수도 없는 위소는 그 어느 쪽도 선택할 수 없는 딜레마에 빠진 채로 정면만 응시하고 있었다.

숨지 마라. 도망치지 마라. 맞서 싸워라.

인수는 곧 앞으로 다가올 잔인한 미래를 알고 있기에 위소를 마음속으로 응원했다.

이대로 숨으면, 제갈세가의 저 미치광이가 아내를 성폭

행한 뒤 살해하고 청아까지 죽일 것이었다.

위소는 알아야 했다. 자신이 숲 속으로 숨으면 앞으로 어떤 끔찍한 일이 벌어지는지를 확실히 알아야만 했다.

위소를 내려다보는 인수가 위소에게 앞으로 일어날 그 잔인한 장면을 보여 주려는 그때였다.

위소가 두려움을 극복하고 스스로 용기를 내고 있었다.

수레바퀴에 깔려 잘게 부서지는 모래알과도 같은 삶. 보잘것없었고 비참하기만 했던, 더없이 무력하기만 했었던 삶을 돌아보니 더 이상 숨고 싶은 마음이 사라지고 있는 것이었다.

운명을 바꾸는 힘은 과연 무엇일까?

난 지금 이 상황을 바꿀 수 있을까?

더 이상 숨지 말자.

결심을 끝낸 위소가 발을 박찼다.

파박.

선두에서 말을 타고 달려오는 제갈 휘를 발견한 순간, 위소가 솟구쳐 올랐다.

태양이 눈부시게 빛났다.

검신이 그 태양을 반사시켰다.

매우 흥미롭다는 표정으로 씩 하고 비웃는 제갈 휘의 얼굴을 인수가 보았다.

이제 인수는 위소를 보았다.

바꾸어라. 스스로 바꾸어야 한다. 아니, 바꿀 수 있다.

만약 운명을 바꾸는 힘이 있다면, 지금 그렇게 힘차게 내려치는 너의 검을 닮았을 터!

파앙.

위소가 제갈 휘의 비웃음을 향해 검을 내려치는 순간, 그 검이 새빨갛게 달아오르며 강렬한 검강이 뿜어져 나갔다.

"……!"

제갈 휘를 비롯한 세가 사람들 모두의 눈이 휘둥그레지고 있었다.

삼류무사의 검이 아니었다. 절대고수의 검이었다.

제갈 휘가 말 위로 솟구쳐 올랐다.

번쩍!

낙뢰와도 같은 검강이 지상에 떨어지는 순간, 달려오는 무리를 한순간에 초토화시켜 버렸다.

채앵!

제갈 휘가 공중에서 출수와 동시에 위소를 향해 팔을 뻗어 소매 아래에 숨겨 둔 판관필을 쏘았다. 판관필의 끝에는 치명적인 독이 묻어 있었다.

제갈 휘의 검을 받아 낸 위소가 예상치 못했던 판관필에 점혈을 당하고는 그대로 쓰러지고 말았다.

"이 새끼 뭐야?"

위소를 제압한 뒤 지상에 착지한 제갈 휘가 어이없다는

표정으로 뒤를 돌아보았다.

자신의 수하들이 말과 함께 모두 죽어 있었다.

독이 전신을 타고 흐르자 온몸이 마비된 위소는 꼼짝할 수가 없었다.

"뭐야! 너 이 새끼 뭐냐고!"

제갈 휘가 그대로 위소의 목을 날려 버릴 것처럼 소리치며 앞으로 다가오는 그때였다.

우우웅.

화이트존이 제갈 휘를 집어삼켰다.

"……?"

보이지 않는 공간에 갇혀 있다는 이질적인 느낌에 사로잡힌 제갈 휘가 주위를 둘러보았다. 바로 그때였다.

마치 흡성대법에 걸린 것처럼, 몸 안의 내공이란 내공이 어디론가 빠져나가기 시작했다.

"크으으…… 으으으……."

검을 떨어뜨린 제갈 휘가 자신의 두 손을 내려다보았다.

두 손과 팔이 순식간에 노인의 것으로 변하며 앙상한 뼈만 남고 있었다.

"안 돼!"

말 그대로 찰나의 순간이었다. 모든 것을 가졌었고, 무엇 하나 거칠 것 없는 망나니로 살아왔던 인생이 비참한 종지부를 찍고 있었다. 한순간에 내공이 모두 빠져나가는 것도 모자라 해골만 앙상하게 남은 상태였다.

화이트존이 거두어졌고, 한 점 바람이 불어오자 제갈 휘의 몸은 먼지처럼 사라졌다.

위소도 그 경이로운 장면을 지켜보며 생을 마감하고 있었다.

그런 위소의 앞으로 인수가 나타났다.

인수는 즉시 손을 뻗어 위소의 몸에 퍼진 독을 제거해 나갔다.

"누구……."

다시 살아난 위소가 생명의 은인인 인수를 향해 물었다.

"앞으로 두려워 말고, 겁먹지 말고, 자신 있게 살아라. 용기를 내 주어서 고맙다. 하마터면 내가 나설 뻔했잖아. 그랬으면 운명은 더 이상 바뀌지 않았을 거야. 잔인한 세상이잖아?"

인수는 더 이상 말하지 않았다.

그 말을 끝으로 위소의 어깨를 몇 번 두드려 준 뒤, 그렇게 위소를 떠났다.

◇　◆　◇

인수는 침대에서 곤히 자고 있는 세영을 조용히 뒤에서 안았다.

"몇 시에요? 뭐 하고 이제 자요?"

세영이 잠에서 깨어나 물었다. 몸을 돌려 인수를 보려고 하자, 인수가 그냥 그렇게 있고 싶다는 듯 꼭 안았다.

"중요한 일이 있어서…… 해결했어요."

"잘 해결되었어요?"

"네. 아주 잘 해결되었어요."

"그럼, 이제 푹 자요."

"그래요. 당신도 잘 자요."

"네. 좋은 꿈꾸세요."

두 사람은 조용히 잠을 청했다.

그렇게 인수는 세영이 다시 잠에 든 줄만 알았다.

한데, 세영이 몸을 돌려 인수에게 말했다.

"민 아빠. 지금 우리 민아 만날까요? 어때요?"

"지금요?"

"왜요? 뭐 문제 있나요? 자다가 깨서 매력 없나요?"

"아니 그런 게 아니고…… 좀 놀라서……."

"뭘 놀라고 그래요? 들어와요."

"……."

"어서요. 지금 아니면 마음 바뀝니다."

"알았어!"

인수가 마음이 급해져 허겁지겁 세영의 입술을 찾았다. 그러다가 이마를 부딪치고 말았다.

"아야!"

"아이고!"

"힝. 다른 건 다 잘하면서 뭐 이리 서툴러요?"

"그게…… 너무 당황해서……."

"천하의 박인수 검사님께서 둘째 만드는 일에는 이렇게 당황해하고 서툴다는 걸 알면 좋아할 사람들 많을 거 같은 데요?"

"어허."

"호호호. 이리 와요. 사랑해요."

세영이 적극적으로 인수를 이끌었다.

"고마워. 나랑 결혼해 줘서 고맙고, 아들 낳아 줘서 고맙고, 부모님께도 잘해 줘서 정말 고맙고. 다 고마워."

인수가 말하며 세영의 머리를 가슴으로 꼭 안아 주었다.

"그럼 잘 좀 해 봐요."

"알겠습니다!"

인수가 소리를 높여 말하자, 세영이 활짝 웃으며 입술을 포개 오고 있었다.

〈완 결〉